天の歌 小説 都はるみ

Kenji NAKaGamI

中上健次

P+D BOOKS
小学館

目次

小説　都はるみ

銀のかんざし

通りから小路へ入る度に、春美は耳を澄ました。夕暮れ時の西陣の小路では、糸を紡ぐ機械の音がどの家からも洩れ出て、それが一層、家並の間に響き籠り、耳を澄ましてると、機械の切れ目のない単調な音の波の隙間から歌が聴えてくる気がするのだった。誰が歌っているのでもない、それは単なる思い過ごしにすぎない、と春美には分かっていたが、春美は幻のように耳にする歌が、もうひとりの、本当の母の歌う歌のような気がして、いつも小路に帰りつく度に、歩を緩めた。

春美にもうひとりの、本当の母がいるはずがなかった。家で父と共に機械を動かして糸を紡ぎ、夕餉《ゆうげ》の準備をしているのが、春美を生み育てたたった一人の本当の母だったが、町の歌謡教室で歌のレッスンを終えて戻る度に、春美はもうひとりの本当の母がいる気がした。もうひとりの本当の母は優しかった。もうひとりの本当の母は春美をじっと見つめているだけだった。

小路を右に折れ、御地蔵さんの脇を過ぎ、小走りに駆ければ家まですぐの距離になって、幾つも折り重なる糸を紡ぐ機械の音の間から聴えていた歌が途絶えた気がし、ふっと体から力が抜ける。春美は立ちどまって空を見た。青い空が頂点に達したように輝き、見つめているうちにあからみかかる。機械の音がせり上がり、空に反響し、散らばり、それがあかねに変化する空に変ったと思った。春美はもうひとりの本当の母がそこに消えてしまった気がし、いつまでも外にいると、もうひとりの本当の母と自分だけの秘密を、母や父や妹弟らに気づかれると思い、電車を降りて大通りから一息に駆けて来たというように家までの目と鼻の先の距離を走り、荒い息づかいをよそおい、

「ただいま」

と開けたままの玄関に飛び込んだ。

母は妹の清乃に、歌を教えていた。機械で紡ぐ糸に目を配りながら、心は西陣の下請けの糸紡ぎになぞない、というように、妹を自分のそばに置いて、美空ひばりの歌を一節づつ親鳥が雛《ひな》に餌を口移しするように教えている。春美は母の姿を垣間見た気がした。助けた鶴が自分の羽根で布を織り恩返しにしていたが、正体を見られ遠くに飛び去ったように、母の正体は実のところ人間ではない。いつか自分の羽根を抜き終ったならどこか彼方に翔び去ってしまう。春美は歌をうたう母を見る毎に不安だった。

母の歌が今、自分が歌謡教室で習い、ラジオをひねれば流れてくる歌と同じ物だと分かる以前、春美が生れる以前から母は歌をうたっていた。母が春美をあやしながら、子守唄をうたっ

たのか、母の好きな〽夢も濡れましょ、という歌謡曲だったのかどうかは分からない。いや、たとえ世間並に、母が子守唄をうたった、としても、春美には母の歌は不安だった。父は何も言わなかった。

春美は母が用事を言いつけるより先に、

「お母ちゃん、八百屋でカブとスグキを買《こ》うてくるんやな」

と買物籠を取る。母は糸のほつれたのをつなぎながら、

「油揚げも買うてきてや」

と春美の気持ちなぞとうに見透かしているように声を出し、母にぴったりとくっついたままの清乃に、

「もっぺんやりまひょなァ」

と笑《えみ》をつくり、美空ひばりの歌の一節をうたう。春美は買物籠をさげて小路を八百屋に向って歩きながら、まだ籠っている機械の音を耳にして、自分が母を嫌っているのだと思いがわく。

春美は十歳になっていた。母が何故、歌に取り憑かれたように自分に歌を教え、自分が歌謡教室に通わされる破目になっているのかぼんやり分かっている気がした。戦争直後、父と出会った母は長女の春美を頭に次々と五人の子を生んだが、父と諍《いさか》う度に、京都に流れて来て違う者同士で暮らしているが、自分は西陣の賃仕事をする為に生まれて来たのではない、と言い、おとなしい無口な父に、まるで脅迫するように、折りに触れて春美の耳には淫らで気持ち悪くて

しょうがないような〜夢も濡れましょ、を歌ったのだった。

父は母の苦情にも耐えていたし、じっと黙って母の歌にも耐えていた。父の耳にも、春美が感じたのと同じ、淫らで意味不明の気持ちの悪い節廻しが届いているはずだった。夢も濡れましょ。まずその抑揚の妙な節が厭だったし、夢が濡れる、という意味不明の定かでない、符丁のような、仲間どうしでしか通じない、肌合いが違うものを敏感に感じとってよりわける暗号のようなものが気持ち悪かった。船頭かわいや。船頭かわいや。同じ文句が二度つづくその間に、え〜、と入る音が淫らだったし、次に続く波枕という言葉がまた意味不明で気持ち悪かった。

春美は母が自分を、今清乃にしているように脇に置き、母の知っている歌を一節づつ教えてくれる度に、母が、父をおびやかし、いつでも恩返しの鶴のようにどこかへ翔び発ってしまうのだと暗黙のうちに言っていると思った。母の翔びたっていく先は分かっていた。まだ弟が、生まれたばかりの頃、母は父と諍い、弟だけ連れて自分の兄弟らの住む実家に戻った。一週間経っても十日経ってももどって来ないので、父は焦悴しきって独り母を迎えに行った。

父に連れられて母は上機嫌で戻り、

「やっぱし、実家はええおすなァ」

と言って、実家で糸を紡ぐ機械から解かれてのんびりとし、ついでに近くの山の温泉に行って来たと笑った。残されていた春美ら三人の子供と父の苦痛をかえりみもせず呑気な事を言うので、春美が、

「自分ばっかし。みんな、うちが面倒みたんやから」

と苦情を言うと、母は、

「なんや、そのふくれっ面。母親おらなんだら長女が一家の世話するの、当り前やないの」

と逆襲し、今度は、春美が敵だというように、

「昔は、小さい頃から外へ出されたんや。そんだけ大きうなったら親の手助けするの当り前や」

となじり出す。春美は泣き出したかったが涙をこらえる。涙をこらえていると、ここにいる母の他に、もうひとり本当の母がいるという思いがわき、自分はいま仮の母に理不尽な言いがかりをつけられているのだという気がする。

買物を終えて家に戻ると母は清乃の歌の練習を終り、今度は弟の哲生に口移しの練習をさせていた。

「清乃、お姉ちゃん手伝ってんか?」

母は春美の姿を見るなり、六畳の間で妹らと昼間、お寺の境内で遊んだ時仕入れて来たビー玉を取り出して見せていた清乃に声を掛け、それからふと春美の思いに気づいたように、

「お母ちゃん、御飯つくったりたいが、まだ機械止められへん」

と弁解する。母は春美を見て優しい笑を浮かべる。春美は笑を見て、一瞬、自分が思っていた事が間違いだったと思った。

流しに清乃と並んで立って、買って来た野菜を洗いながら、母の教える節を弟の哲生がつっ

かえる度に二人で脇腹をこづきあって笑い、

「うちの家は男があかんねん」

と母の口ぐせをまねた。

「あいつ、金欲しよってに、歌うとてるだけやから性根入っとらせん」

「どうせ十円もらうよ」

清乃は上手に小節《こぶし》を廻して歌えば十円もらえるという約束が哲生の時はいつも違うと言い、母が、

「あかん。もういっぺん」

と言っているのを聴いて、

「お母ちゃん、やめとき。哲生は歌うたう気持ちなしや」

と声を掛ける。

「十円欲しいだけやから。さっき十円でうちにビー玉売らへんかァと交渉したんやから」

「また負けたの？」

春美が、訊いた。

「うちは男があかんねん」

清乃が母の口ぐせを真似ると機械の脇に立っていた哲生が振り返り、

「姉ちゃん、ビー玉くれるか？　そしたら、すぐ歌やめる」

と春美に訊く。

「あかんなこれは」

母が苦笑して、前掛けのポケットから十円取り出して、

「はい、お駄賃」

と哲生に渡し、

「もう、これくらいにしようか」

と機械のスイッチを切る。機械の音が消え家の中が急に静まり、不意に哲生がドラ声でさっきまで母に教わっていた歌をうたうと、母は、

「誰も哲生にまで本気で歌教えようと思いまへんけど、お姉ちゃんらが十円もろてるから、哲生も十円欲しいと思たよって」

と苦笑しながら流しの方に歩いてくる。

「哲生のガラガラ声でも機械のガチャンガチャンより楽しい。ラジオかけて人の歌聴くより、春美や清乃の声聴いてる方が、張りが出て来る」

母は糸くずのついた前掛けをはずし、流しにたつ春美の脇に来て、

「さあ、晩の準備しよか」

と言い、米をとぎにかかる。春美が母の機嫌がよいのに気づいて清乃の体をひじでこづいて合図した。清乃がすぐ分かったように、顔をしかめる。春美も母に見つからないように顔をし

かめ、案の定、母が米をとぎながら、それが唯一の自分の歌だというように、〽夢も濡れましょ、とうたいだすのを聴いて二人で顔を見合せる。母が顔を上げ、春美と清乃が合図しあうのを見て、

「なんや?」

と訊く。

「何二人で秘密の約束してるんやァ」

春美は思いきってその歌をうたってみた。清乃が、

「何で夢が濡れるか分からへん」

と首を振ると、母は笑い入り、

「分かるはずないなァ」

と言い、ふと、外を見、小路を歩いてくる足音で分かるというように、

「お父はんが帰って来たさかい、お父はんに訊いてみ」

と目で教える。

「どうせ、歌の事なぞ知らんと言わはるやろけど、知らん事あるはずない。五番町の遊廓によう通ってたんやし」

母はそう言って、玄関を入って来た父に、声をつくって、

「ごくろうさん、えらおましたなァ」

と声を掛ける。父は玄関に立ったまま、

「春美、ちょっと来い」

とぶっきら棒に呼ぶ。春美は胸が詰った。

「何？」

と訊ねると父はまだるっこしいように、

「ちょっと来てみ」

と再度声を掛ける。春美は水で濡れた手を拭うのも忘れ、動悸に息苦しいまま、父の立っている玄関の方へ歩く。


水で濡れた手を拭う事も忘れて玄関に立った春美を見て、父は春美を呼んだ声が大きすぎたのだと気づいたように、

「春美」

と名をつぶやき直した。歌謡教室に行って来たし、買い物もして来た、父親に叱られるような事はしていないと不安げなまま、

「なに？」

と訊くと父は、

「これおまえにやる」

と胸ポケットから無造作にかんざしを取り出した。春美は差し出されたかんざしを見て声を挙げ、父の顔を見、父が黙ったままなので一瞬に何もかも分かり、流しに立った母を振り返り、

「お母ちゃん」

とつぶやく。母は父の方を見なかった。

「ほら取らんかい、濡れた手拭いて」

父は笑いもせず、硬ばった顔のままかんざしを春美の前につき出した。

「お母ちゃん」

春美が母に訊くようにつぶやくと、流しで米をとぎながら見もしないで一部始終わかっているというように、母は、

「もろとき」

と言う。

「そやけどこれ大人のものや」

「何言うてはるの。すぐ大人になるやないの。デビューしたらな、そんなんすぐ要るようになる」

「お母ちゃん」

と春美は言い、後の言葉を呑み込み、そうやる事が、父と母の真中に入って、父と母をつなげる事だというように、おずおずと手をのばし、かんざしを手に取った。春美より、手の込んだ細工をしたかんざしは母に似合った。母は春美がかんざしを手にして何を考えているのか分

かったように、

「本物の銀やで」

と言う。

母の言葉を聞いて、父は取りあわないというように、

「風呂に行って来る。哲生、行かんか」

と声を掛けた。哲生が女ばかりの家で、しかも苦手な歌の練習をさせられ困り果てたのだと、
手拭いも石鹼も用意せず玄関を飛びだそうとした。妹の清乃が、

「手拭い、石鹼」

と哲生に声を掛けた。哲生は春美をわざと突きとばして家に戻り、清乃の前に来て、

「早ようくれ」

と手を出す。清乃はその手を叩いた。

「なんや」

哲生が清乃にくってかかると、母が哲生の振る舞いも、春美のとまどいも、分かっていると
いうように、

「お父ちゃんの手拭いも持っていったり」

と哲生に洗面器を渡した。春美は、風呂の道具が入った洗面器を抱えて飛び出す哲生の頭を
後からこづいた。

「痛い」

哲生は大仰に声をあげ、春美をにらむ。

「さっき、体当りしたやないの」

春美は哲生に言う。

「痛かった」

哲生がこづかれた頭をおさえ、父と母の気まずさをまだ取りつくろうとして春美をにらみ、

「やったろか」

とすごむ。

「こわい事あれへんで。すぐお母ちゃんて泣くくせに」

春美は哲生をにらみ返す。家の外に立った父が苦笑したのが春美に分かった。父が哲生を呼び、すっかり暮れた小路を銭湯の方に出かけて、春美は自分の手の中の銀のかんざしが重荷で、

「お母ちゃん本当にええの？」

と訊いた。母は不意に腹立ったように、

「子供は大人の言うとおりしてたらええの」

と言い、突然、父の行状を思い出したのか、

「そんなもの、五番町のお女郎さんじゃあるまいし、つけられへん」

とつぶやく。腹立ちを耐えるように、いつまでも流しで米をといでいる母を見て、春美は母

から不意に川に突き落とされたような気がした。うちが銀のかんざしもらうのは、五番町のお女郎さんと同じやというの、と母に言ってみたかったが、気性の激しい母が、父にされた事の腹立ちまぎれに、父親に性格がそっくりで言いつけを守らず、何回も歌謡教室をズル休みしたと小言が出て来そうなので、黙ったまま妹の脇に立った。春美が銀のかんざしをスカートのポケットに仕舞い、手伝いを始めると、米をといでいた母の手が止まる。

「お母ちゃん、あんな事またあったらな、もう帰って来《き》いへんよ」

妹が顔を上げ、春美の顔を見つめ、興奮してこらえかねたように、泣き出した。母は水に濡れた手で顔をおおい、流しのかまちに崩れるように坐った。清乃が泣き声を上げて、春美の胸に顔をうずめた。

「年が十五も二十も違《ちご》うて、何もわからんまま一緒になって。あんたらはお父ちゃんの子やからな。赤い着物着た五番町のお女郎さんに育ててもろたらええんや」

母の言葉を聞いて、春美はいつも不安に思っていた事を言われたと思う。

「お母ちゃん、いやや」

清乃は泣きじゃくりながら言った。

「お母ちゃんかていやや」

母は溜息をつくように言う。

「お父ちゃん、春美に持って来たその銀のかんざしなァ、何のつもりやと思う。昨夜、お父ちゃんのズボンに入ってたんや。これ、何？　と訊いたら、言い淀んで、しばらくして、お母ちゃんに買うてくれたと言う。誰が信用しますかいな。昨夜、お父ちゃんとお母ちゃん言い争ったの知っとるやろ？　あの人、うちが問い詰めても何も言えへん。それでそんなんやったら、デビューしたら使うから春美にやりなはれ、と言うたのや」

「そんなん」

春美はスカートのポケットに入れたかんざしが体に刺さるような気がして、あわてて取り出し、流しの板の上に置いた。電球の光を受けて、銀のかんざしは光る。母が気を取り直して立ちあがり、春美が置いた銀のかんざしを手に取り、まじないをするように息をふきかけ、手でこすり、

「高いもんや。なァ、男て、親や嫁はんに何ひとつ孝行せいでも、そんな高い物平気でお女郎さんに買う。気にする事ないよって仕舞っとき」

と春美に渡した。銀のかんざしは母の手でこすられて一層光り、重く、春美には疎ましかった。手の中のかんざしをポケットに戻したくないし、机のひきだしの中に仕舞ってある宝物の小箱にも入れたくないと思案し、春美はふとそこなら、誰も気づかないと思って、

「ノンノさんとこに仕舞って来る」

と言って、裏に出た。母は春美が下駄をつっかけ、裏に出てやっと分かったように、

「そこやったらええ、誰も失くしたりせえへん。知っとるの、三人だけや」

と言う。春美は何も考えず、春美が生れるずっと以前から裏の物置にした中にある御地蔵様の前に立って、ただ手を合わせ、禍物《まがもの》を隠すように台の後に置いた。

母がデビューという度に春美は息苦しかった。父と母が仲違《たが》いしているわけではなく、父が西陣の問屋の旦那や近所の工場主とのつきあいで、酒を飲んで帰って来たり、夜遅くなって、それで母と諍うだけだと分かっていたが、母が春美に歌謡教室で習った歌をうたわせ、清乃や弟の哲生に歌の手ほどきをし、デビューという言葉を使う度に、父と母が諍いの果に離別するか、母だけ春美たちを置いて居なくなってしまうような気がし、不安になった。母は春美の歌を耳にして、機械につきっきりで糸を紡ぐ事も耐えられるし、父が時おり家に戻らなくなるのも耐えられると言い、歌謡教室から戻るのを待ちかねたように歌をうたわせる。小節が廻ると、母は上機嫌になって、ほめた。

「もうちょっとしたら満点や」

母は外に遊びに行きたくて気が急いている春美をおだて、もう一度やり直してみろと言った。

「お母ちゃん、うち、友だちと約束してんのや」

春美がそう言っても母は取りあわなかった。

「外、雨降ってるし、誰もおらんよ」

「おるて。境内の休憩所の中でカズぼんやショーちゃんら、メンコしてる」

「男やんか」

母は苦笑する。

「男や。あの子らよりうちの方がよっぽど強い。哲生なんか弱虫やからドテばっかしで」

母が笑いかかり、ふと顔がくもった。機械の音に混って外から女の声がした。振り返り、赤い蛇の目傘をさした着物姿の女が立っているのを見て、春美はその女が母の言葉に出て来た五番町のお女郎さんだと分かり、外から何もかもを打ち壊す恐ろしい物がやって来たように息が詰まり、

「お母ちゃん、誰？」

と思わず訊いた。

「誰て、誰やと言うの？」

気丈な母は春美に言い、

「知らん、知らん。去《い》んで、と言うたり」

と言い、立ちあがって流しの方に歩く。春美は体が震えていた。赤い傘が雨の外の明るさで、女は人間ではなく、人を妖しく魅きつける美しい魔物のような気がし、

「キーさん、おりますかァ」

と妙な抑揚で訊くのに、震え声で、

「帰って」

とだけ答えた。女はなお、

「キーさん」

と言いかかり、春美は訳も分からず昂《たか》ぶったまま、

「去んで」

と言い、裸足のまま玄関に降り音立てて硝子《ガラス》戸を閉めた。

「お母ちゃん」

春美は震えながら呼んだ。玄関の戸の硝子の向こうに女の赤い傘が透けて見える。春美は、その女が閉めた硝子戸をすり抜けて家の中に入って来る気がして、母が女から姿をかくす為に行った流しに小走りに歩き、母がそこにいないのを見て母が突然居なくなった気がして、

「お母ちゃん」

と、叫びながら裏へ廻った。母は御地蔵様の前にしゃがんでいた。春美は母が祈り、波立つ気持ちを鎮めるように御地蔵様の顔を見つめているのを見て、父が春美に呉れた銀のかんざしが、家にまで押しかけて来たあの女にやるつもりだったものだと気づき、電球の光にうき上がった模様も、うろこのようにぬらぬらと光り、飾りの赤や緑の色も蛇の目のようだと思い、

「あんなの、欲しい事あらへん」

と母の脇にしゃがみ、銀のかんざしを放り棄ててやろうと御地蔵様の台の後を手でさぐった。いくらさぐっても銀のかんざしは手に当らなかった。

「かんざしなくなってる」

春美は茫然とした。御地蔵様を動かしにかかり母が、

「バチが当たる」

と止めた。母は、銀のかんざしがなくなったのは、御地蔵様が母と春美の困惑を考えて他所《よそ》へ持ち出したんだ、と言った。

「違うよ」

春美は母に口答えした。

「清乃が持ち出したんや。お母ちゃんとうちの他に、清乃しか知らんもの」

春美は御地蔵様の台の後から清乃がかんざしを持ち出したから、女が父を尋ねて家にまでやって来たという気がした。母が、

「まだあのお女郎さんおるか見て来て」

と頼むので、春美は家に戻り硝子戸の方をのぞいた。硝子戸に赤い傘の影はなかった。玄関に蛇がとぐろを巻いているような気がして、かまちに立ってのぞき込み確かめ玄関に降り、靴をつっかけ、それからおずおずと硝子戸を開けて小路をのぞいた。そこにも女の姿はなかった。不思議な気がしてふっと誘われるように、春美は遊び仲間の男の子らが待っている寺の方ではなく、電車通りの方に小路を駆け、角を曲がって、立ちすくんだ。

電車通りの角にある豆腐屋の前で、赤い蛇の日傘をさした着物姿の女が立ち、その向こうの電車の停留所に父が立っていた。電車が車をかきわけるようにノロノロとやって来て停留所に停まる。昼なので降りる人も乗る人も多くなく、電車に乗り込んだ父がどこに坐るのか遠目にも春美には分かった。父が乗り込んでからほどなくして赤い傘の女は道を横切り、電車の停留所にむかって小走りに駆け、電車のドアが閉まる寸前に乗り込んだ。電車は音を立て、架線に青白い火花を発しながら動き出す。春美は父と女が同じ電車にしめしあわせて乗り込んだのを目撃して、自分まで母を裏切ったように感じた。まだ降り止まない春先の雨の中を、春美はのろのろと歩いた。友だちと遊んでいる最中に歌謡教室に行く時間になって、独り離れて電車まで歩く時のように体から力が抜けていた。小走りに駆けて来た小路を家に戻りながら、母に何と説明しようかと考えた。赤い傘の女が父と同じ電車に乗って行ったと見たまま正直に言えば母は苦しむだろうし、女の姿はどこにもなかったと言えば嘘をついた事になる。

糸を紡ぐ機械の音が響く小路を歩き、辻毎に必ず一つはある御地蔵さんに訊いてもみたいが、誰もが入れ替わり立ち替わり願をかけ祈る辻の御地蔵さんが、春美のそんな些細な悩みに答えてくれるはずがなかった。家の裏の、春美の家だけが祈り、花を取り替えたり、水をあげたり、御線香をたく御地蔵様なら春美が悩むならと些細な悩みを聴いてくれるかもしれないが、御地蔵様に訊く前に母に会ってしまう。機械の音の間から、もう一人の母の声が聴こえないかと、春美は歩きながら耳を澄ました。微《かす》かにもう一人の母の声がする気がする。もう一人の母は姿が見えないだけで春美の脇にいる。そう思って春美は家に戻り母に会う決心をし、玄関を開けるなり、

「ずっと見て来たけどおらんかった」

と、考え事をしているように流しの上《あが》りかまちに坐っている母に嘘を言った。糸を紡ぐ機械を母は止めていた。母は春美の声を聴いて振り返り、玄関に立った春美を見つめた。春美の顔から嘘を見抜いたように、

「そうかァ」

とつぶやき、冷たい声で、

「お父はんに会わなんだ?」

と訊く。春美は母の眼から体をそらすように、玄関に立ったまま手をのばして歌謡教室用の布で作った楽譜入れを取る。

「今日から新し歌、始まるよって、ちょっと早いけど、行って来ます」

春美は嘘の上に嘘をつく、と思いながら、楽譜入れを持って外に出かかる。その春美を母が呼び止めた。母は上りかまちから歩いて、機械を置いてある部屋の棚から袋を取り、中から金を二枚抜いて玄関の方に歩いてくる。

「今日はまだ二十三日やからちょっと早いけど、教室とそれからお師匠さんとこに寄って月謝納めとき」

「何でやの？」

春美は訊いた。

「何で、て」

母はとまどい、それから春美が不安げな顔をしているのに気づいたように笑う。

「早よう月謝払うのは、西陣のどこもかしこも旦那はんは景気よう遊びはるけど、お母ちゃんの方は、ひょっとして明日、不景気風吹くかもしれんと思てはる、そんで月謝は風が吹かん間に納めとく、と言うんどすえ」

袋に入れた月謝を二つ、楽譜入れに仕舞い、春美は一時間も早く家を出た。そのまま歌謡教室に行く気はなかったので、小路を電車の方とは反対の、おそらく清乃や哲生、里美、雅代らきょうだいが、学校の違う子供らと遊んでいる寺の境内の方に歩いた。寺の境内に入るとすぐに清乃らが遊び仲間とビー玉をしているのを見つけた。春美は清乃を脅かすように唇を嚙み、叱った顔をつくり、ちょうど順番が廻りしゃがんでビー玉にビー玉を当てようと狙いを定めている清乃を、後ろから頭をポンとたたいた。

「こら。ノンノさんの裏からあれ取ったやろ」

春美が言うと清乃は一言で何を言っているのか分かったように、カズぼんやショーちゃんら年上の男の子とメンコに興じている哲生をあごで教える。

「なんやの。はっきり言い」

「あいつ」

清乃は言う。

「あいつて何やの。あんたが教えたんやろ」

春美は不意に腹が立つ。銀のかんざしが御地蔵様の台の裏からなくなったから、赤い傘のお女郎さんが家に来て、母を苦しめる事になったのだと思い、

「お母ちゃんが怒ってたの忘れたのか」

と頭をこづく。

「うち、知らんもの」

清乃が言う。

「あんたがあいつに教えたんやろ。あれ取りいと哲生にそそのかしたんや」

「教えただけや」

春美は突っけんどんに答える清乃に、

「パー違うか」

と言い、不意に自分の空想した事が本当の事なのだと気味悪くなり、

「あれ御地蔵様に抑えといてもらわなあかんのや。たたりがあるねんで。蛇やねん」

と言い、哲生を呼んでもう一度御地蔵様の台の後に戻さなければ禍事がおこる、と真顔で言う。清乃はおびえ、

「ほんま?」

と訊き、春美がうなずくと、メンコに興じる哲生の方に走った。三番目の妹の里美が、遊びをそのままにして男の子らの方へ走った清乃を見て、

「番やのに、早よしいや」

と不平を言う。四番目の妹の雅代が春美のそばに来て、

「あのなァ、清乃姉ちゃん、うちにも、里美姉ちゃんにもかんざしつけてくれた」

と内緒話のように言う。

「あんたら、あのかんざし、髪につけて遊んだの?」

「清乃姉ちゃんがお嫁さんの真似した」

雅代がそう言うと里美が、

「知らんよ。内緒やのに」

と雅代をこづき、春美が、

「里美」

とたしなめると、雅代は一等末の妹を庇ってくれる春美がいると安心したように、

「清乃姉ちゃん、デビューしたと言うて歌たの」

清乃は走って男の子のそばに行ったのに、

「姉ちゃん」

と顔をしかめ、べそをかきながら歩いてくる。

「なんやの？」

春美が訊くと、

「うちの家は男があかん」

と母の口ぐせを真似、

「あいつ、メンコに負けてしもて、あれ、十枚と替えてしもてる」

清乃の言葉を耳にして、メンコに負けている哲生は顔を赧《あか》らめたまま、

「うるさい」

とどなり、カズぼんがメンコを力まかせに打ち、台の上から哲生のメンコをはじきとばしたのを、泣かんばかりの声で、

「いまの、ドテやァ」

と、指の先ではじきとばすインチキしたとどなる。

「うちは男ばかりと違て、女もあかんよ」

春美は言い、清乃に、

「あのかんざし、髪につけたの？　知らんよ」

と言い、清乃だけでなく哲生も、哲生からメンコ十枚で交換したカズぼんをも脅かすように、

「そのかんざし、五番町のお女郎さんの呪いかかってはるんやから」

とつくり事を言う。

「さっき、お母ちゃんに聴いたんや。何で、お父ちゃんからかんざし貰えへんかったの？と訊いたら、あのかんざしつけたお女郎さん、蛇に魅入られて賀茂《かも》川に身投げしたらしい。かんざしだけが打ち上げられとった。蛇のように岸に上ったんと違うかと人が言うてた。何人もそれから身投げする。それでな、お父ちゃんが、歌の上手なうちの春美やったら、供養出来るのと違うか、と持って来て、うちがもろて、御地蔵様にお女郎さんのたたり抑えてくれるように置いとったんや。歌の下手な女の子が髪にさしたりしたら、たたりが起る」

春美が言うと、清乃は泣きだしそうになり、何を思ったのか、寺の階段に置いてあった自分の金糸銀糸をつかった錦織の端切れでぬったビー玉入れの袋をつかみ、男の子らのそばに走り、

「カズぼん、ビー玉五十個とかんざし換えや」

と言う。カズぼんはバツ悪げに春美を見る。色が白くまつ毛の長いカズぼんは、春美が見つめ返すのに照れたようにうつむき、

「ビー玉、要らん」

と言い、身をかがめてかんざしを取った。いかにも近隣一のワルのカズぼん風に、

「ほら、蛇や。受け取れ」

と放ってよこす。銀のかんざしは、投げる手元が狂って空に舞い上がり、春美を大きく超えて休憩所の外の、降り続けている雨で出来た水たまりに落ちる。春美はかんざしを拾い、水を服の胸で拭い、自分のつくり話を信じて春美には何のたたりもないと見せるように、髪に無造作にさしてみせた。その時、突風が吹き、横しのぎの雨が休憩所の中に吹きつけた。

突風に乗って吹きつけた雨に濡れて、休憩所にいた子供らは悲鳴をあげた。一等末の妹の雅代は春美の方に駆け寄りかかり、寺の境内に植えられた大きなしだれ桜のまだ花のついた枝が左右に揺れ、思いきり上にはねあがるのを見て観念したように固く眼を閉じ、頬をふくらませて息を止め、立ちすくむ。春美も息を止めた。いまさっき銀のかんざしを拾い上げた水たまりが、突風を受けて沸騰したように波立っていた。その一つ一つの波がいまにも空に翔《か》け上がらんとしているように見え、春美は急に恐ろしい事に巻き込まれた気がした。冷たい雨滴が顔にも髪にもかかった。風はふうっと溜息をつくように止む。頬に当った雨を手の甲でぬぐい、それが氷のように冷たいのを感じ、

「みぞれ？」

とつぶやいてみる。その声が随分大人っぽく、自分のもののように思えなかったので、

「みぞれ、違うの？　淡雪とゆうの？」

と言い直すと、遊び仲間らが風に吹きとばされたメンコを元の位置に並べているのに、カズぼん一人、茫然と立ち、春美を見つめる。

「なんやの？　何か顔についてるて、言わはりますのか？」

春美が言うと、カズぼんはいまさっき見た物を理解しかねるというように長い睫《まつげ》の目を伏せ、それから急に元の近隣一のワルのカズぼんに戻ったように、

「もう止めや。こんな弱い哲生ら相手にしてられん」

と風で散ったメンコを拾いにかかる。

「あかん。まだや」

哲生は言う。

「やってられるもんか。弱いのに」

「僕が負けとるさかあかん」

「なんやの」

清乃が哲生の言い方に噴き出した。

「カズぼん」

春美が声を掛けると、カズぼんはまた理解しかねる物を見るように黒くながいまつげの眼を春美に向け、けだるげに、

「なんじゃ」

と答える。

「うちとメンコの勝負しよと思いはっても、無理な話どすえ。先生もお母ちゃんも、もうすぐデビューやと言わはる」

「お前と勝負しようと思わん」

「よう言う。何遍うちがカズぼんにメンコ売ったたったの。いっつも、もう一枚おまけしてや、と言うてたのに」

「去年のやすらい祭りの日、オレがおまえにメンコ売った」

「あの時だけやんか」

春美は言い、なお言い募ろうとして、ふと四月の十日のやすらい祭りの日、家で何が起ったのか思い出して言葉を呑み込んだ。あの時も父は女の元に行っていた。あの時は今よりも分からなかった。西陣の内儀《おかみ》の一人が母に告げ口した。何を言ったのか定かではない。母はしばらくふさぎ込み、突然、思いつめたように、

「春美、お母ちゃん、ちょっと行ってくるよってな」

と言い、春美が訊ねる暇も与えず、下駄をつっかけて外に行った。春美は不安のまま、母が外から家へ戻るなら寺の前を通りかかるだろうと、きょうだいを連れて寺に来た。

今宮神社の祭りは西陣の寺の境内で遊ぶ子供らにも華やぎをもたらす。普段よりちょっとばかり良い服を着ている。その服に顔を寄せれば、石鹸の匂いと母親の化粧の匂いとお菓子の匂

いがかぎ取れるようだった。遊んでいる妹たちも弟の哲生も外見はそうだった。

春美は男の子のようにカズぼんと、買い足してまでメンコをしたくなかった。しかし、心づもりにしていた時間を過ぎても、母は通りかからなかったのだった。メンコを打ちおろす力が抜けたその時の気持ちを春美は思い出し、カズぼんの視線を避けるように、髪にさしたままの銀のかんざしを取った。かんざしが掌《てのひら》に重く、いまさっき思いつくまま言った事が本当のような気がした。そのかんざしの呪いにたたられて、母がまだ流しの上りかまちに腰かけ苦しんでいる。春美は胸が詰まる。

「お母ちゃん」

春美は声に出さずにつぶやいた。寺の門の上の空は、雲が切れて青空が見えていた。寺の境内も春美の家のある小路の方も、また細かい絹のような雨に戻っていた。

「あんたらもう家へ戻り。お姉ちゃん、これから歌謡教室へ行くよって」

春美が清乃にむかって命令口調で言うと、カズぼんが、突風が吹いた時にかい間見た物の正体を突き止めたというように、

「あんなァ、こいつなァ、電車を何遍も乗ったり降りたりして、遊んどるんや」

と言いだす。

「見たの?」

春美が訊くと、カズぼんは得意げに、

「見た、見た」

と言い、歌謡教室に行くと出かけた春美が楽譜入れの布袋を持ったまま電車を乗り降りし、遂に八坂神社の方まで出かけ、歌謡教室の終わる時間になってやっと西陣に戻って来たとスッパ抜いた。

「不良やど。何遍も買食いしてな」

春美の困惑した顔を見て、カズぼんはなお暴くというように、

「清乃らに内緒で、お父ちゃんから金もろとるねん」

と言う。

「カズぼん。困るわァ」

春美は言い、

「ちょっと来いや。カズぼん、かんにんどすえ」

とカズぼんを呼ぶ。困惑した表情の春美に手招きされたカズぼんは、術にかかったようにふうっとそばに寄る。そのカズぼんの頭を、

「ええかげんにしいや。嘘ばっかしつきはって」

とげんこつでたたきかかる。カズぼんは、ワルというものはその手に乗らない、というようにひょいと身をかわし、

「嘘と違う。何遍も後つけたんじゃ」

と言う。

歌謡教室の窓から、さっき止んだはずの雨がまた降り出しているのが見えた。地面すれすれに垂れ下がった柳の新緑が一段と濃く、枝が雨の音とも先生の弾く伴奏のピアノとも違った速さで動き、春美は歌いながら、一、二、と柳の動きを数えている。時折、通りかかる人の無神経な傘が当るので、新緑の柳の枝は身震いするように震える。傘をさしていない男が考え詰めた様子で通りかかり、顔を枝に撫ぜられてしまうのを見て、春美は笑い出しかかり、あわててこらえ、母が春美に歌をうたわせるたびに喉をしめ、小節を廻せと言っていたのを思い出し、唸ってみると、先生は春美の顔を見る。先生は母の言う歌い方を気に入ってはいなかった。思わず唸ってしまったのだと肩をすくめ、春美は先生の言うとおり歌う。先生の言うとおり歌うと、もう一人の母がすぐそばにいてくれる気がする。もう一人の母は歌謡教室の玄関で春美のレッスンが終るまで待ち、電車に乗ったり降りたりする度に傍らにいるし、繁華街を歩き、小間物屋をのぞき込む度に、

「綺麗どすなァ」

と声を掛ける。もう一人の母はいつも春美のすぐそばにいた。カズぽんが歌謡教室をズル休みする春美の後をつけ、目撃したというように、たとえ町中で父に出交《でくわ》しても、もう一人の母は、父に怨み言を言わず、苦しまず、天女のように笑を浮かべ、五番町のお女郎さんか、別に

囲った女の元から出てきたのを取りつくろう父に、

「へえ、そうおすか」

と答えて父を立てる。しかし、そんな事はありえなかった。もう一人の母なぞいるはずがなかった。美空ひばりの、〽夜の波止場にゃ、誰もいない、と『哀愁波止場』を一番の歌詞から歌い出す度に、春美は父に振り廻される母と、もう一人の母と自分自身の三人の気持ちになり、胸が詰まる。歌をうたうと心が重くなる。

「もう一度頭から」

と先生が言う度に、

「こんなん、厭や」

と駄々をこねたくなる。我慢して先生の言うとおり歌い終え、春美は歌謡教室を出て、カズぼんが目撃したとスッパ抜いたように、今度は歌謡教室へ来た道をジグザグに、何度も電車に乗り換えて帰るのだった。電車を乗り換える度に誰かが自分を見ている気がして辺りを見廻し、乗客の真中にはさまって乗り降りし、西陣に向かう電車に乗って、ふと自分の楽譜入れの中に銀のかんざしが入っているのに気づく。歌をうたっていた時も忘れていたし、電車の乗り降りを繰り返していた時も忘れていたが、お女郎さんの呪いのかかったかんざしが蛇のようにつきまとい離れないと身震いし、

「お母ちゃん、厭や」

とつぶやいた。電車が停まり、一番最後の客が乗り込みドアが閉まりかかって、春美はそのまま家へ戻っても何一つ解決していないままなのに気づき、矢も盾もたまらず、

「ここで降りるから」

とドアをおさえにかかった。ドアは春美の力なぞものともせずに閉まった。あわてて手を引き、眼の前で音を立てて閉まったドアに驚き、春美の心の中で何かが破けたように涙が出た。お女郎さんが家にまでたずねて来た事を母は苦しんでいるはずだった。父とお女郎さんが同じ電車に乗って行くのを春美は目撃したが、母には嘘を言った。楽譜入れの中では、まるで生きた邪悪な物のように銀のかんざしは楽譜の束とくっつきあって入っている。美空ひばりの歌、菅原都々子《つづこ》の歌、松山恵子の歌、春美が歌謡教室で習う歌謡曲の中にこもっている苦しさとかさみしさとか、痛みとか、羞《はず》かしさだとか後めたさだとか、遊び仲間のカズぼんやショーちゃんら西陣の普通の男の子には到底わからない毒のようなものが一等愉《たの》しく、心地よいというように、電車の車内灯に光りながら居坐っている。

「お母ちゃん」

春美はドアの前に立ちつくしたまま泣き続けた。車掌が春美の方に来て、

「手ェ、はさんだんかァ」

と訊くが、春美は答えなかった。電車が次の停留所に停るのを待ちかね、春美は飛び降り、西陣とは正反対の方向に走り出した。カズぼんが目撃したという父と出会った小路の方へ行け

ば、あの赤い傘の女も父もいるかもしれない。

息が切れ、脇腹が痛くなったので歩きかかり、ふと母が流しの上りかまちに腰かけ思案に暮れている姿を想像し、春美はせき立てられるように走り出す。父と出会った小路に行きついて、父に会ってみても赤い傘の女に会っても、何も解決するわけではなかった。だが、母が家で苦しんでいる。ただ春美は走るしかなかった。母の苦しみは何もかも父がもたらした。

「ええか、春美。あんた、半分はお母ちゃん、半分はお父ちゃんや」

子供の頃から春美は何度もそう言われて来た。父の女遊びに苦しんで腹立ちまぎれの時だったり、反対に商売がうまく行き、問屋に納品した織物の柄のよさを誉められ、上背があり見栄えのする父を見直した、と上機嫌の時だったりしたが、春美はその度に心の中で、

「そうや、半分はお母ちゃん、半分はお父ちゃんや」

とつぶやいた。母にしてみれば、自分にそっくり、父にそっくりの春美に、良きにつけ悪しきにつけ言うしかないのは分かっていた。母はその春美をまるごと母だけのものに変えてしまおうとするように、自分の好きな浪曲の節まわしを教える。母が好きだという桃中軒雲右《とうちゆうけんくも》衛《え》門《もん》も広沢虎造も難なくこなすことは出来た。松山恵子の歌も、喉を潰すこともなく出来た。母は眼を輝かせ、十五の時から西陣で女工として働いて来た苦労も、父と出会って味わった女と

しての苦しみも春美の歌が解き放つというように、

「上手に出来たァ」

とほめ、そんな額では妹たちや弟の出入りする駄菓子屋で子供だましのくじを引き、子どもだましの飴や玩具《おもちゃ》の景品を手に入れるしかない十円という金をくれる。十円をほしくないのかと訊かれれば、ないよりあった方がましだから、

「おおきに」

ともらうが、十円もらうたびに、春美は自分が母の為に歌をうたっている、母に父の事を弁解する為に歌っている、という気になる。父はそんな春美の気持ちを分かっていた。母が春美の歌をほめそやし、

「あんさん、分からへんかもしれへんけど、春美、浪曲師になっても一代築きますえ」

と声のよさを言い、無頓着な父の関心を引いて、暗に、父が外で女と遊んだり、遊び仲間と闘鶏に興じたりしている間に、女二人、西陣の機《はた》を織る機械のそばでこんな事をしていたというように、

「春美、お母ちゃん教えた虎造やってみ」

と言いつける。父は歌に耳を傾けるが広沢虎造の浪曲に興味もないという顔をし、歌い終ってから、

「春美というの、ええ名前やな」

と世迷い言みたいに言う。その言葉を聴いて母は、父と一緒になった頃を思い出したように顔がなごむ。

「なァ。春美というの、ええ名前やろ。お父ちゃん、女やったら、春という名前つけるんやと言う。はるこ、はるよ、はるえ。いろいろあったよ。はるか」

「はるか?」

春美が吹き出す。

「なァ、男みたいな名前やろ? 宝塚に入るんやったら、はるかでええと思うけど、歌謡曲では通らへん。それではるみ。はんなりした感じも出るしィ」

父は母の言葉にただうなずいている。はるか。春美は父が候補に上げた名前をつぶやき、一瞬、そのはるか、というもう一人の女の子が、自分と一緒にしくしく痛い脇腹をおさえ走っている気がする。四つ辻を渡りかかり、野菜を荷台に満載した運搬車とすれ違いかかり、春美は脇腹をおさえた左手を荷台にぶつけられた。

「痛ァ」

と声を出し、立ちどまると、いまさっきまで自分のすぐそばにいたもう一人の女の子が消える。春美はしゃがみ込んで痛みに呻く。運搬車に乗っていた男が遠くまで行って春美に荷台をぶつけたと気づき、長靴をはいた足をわざと大きく広げてペダルをこぎながら、

「ネエちゃん、大丈夫かァ」

と戻ってくる。顔の見えるところまで来て、男が父の遊び仲間の一人だったのに気づき、春美はあわてて眼を伏せる。雨は上がり、空は燃え上がるような金色の夕焼けが始まっていたが、春美の眼にうつった濡れた道は、まだ春のつめたい雨が降り続けているように水たまりが風に動いている。

「大丈夫かァ？」

男がすぐ脇に来て、運搬車を止めにかかったので、春美は息を大きく吸い、立ちあがる。

「春美ちゃんかァ」

男は言い、春美がことさら今、気づいたというように、

「あッ。お好み屋のオッチャン」

と言うと、

「もうなァ、お好み焼き、止めとる。水炊き屋しとる」

と苦笑し、運搬車にぶつかって怪我はなかったか？　と訊く。

「怪我？」

春美は訊き返し、

「ああ」

とわざとらしくうなずく。

「オッチャンの運搬車の荷台のかぶ菜にぶつかったんやわ。かぶ菜にぶつかって怪我したらえ

らいことや」

「そうかァ」

男はつぶやき、急に夕暮れ時、西陣の家とは反対側にいる春美に気づき、勘をつけたように、

「お父ちゃん、女のとこへ行って帰って来いへんのか?」

と言い出す。

「なに?」

春美がとぼけて訊き直すと、男は、

「ちょっと一緒に行こ」

と誘い、返事も待たず運搬車を押して歩き出し、

「うちのとよう言うとるんよ。昔から、兄サン、気さくな性格でようもてたから、姐サン苦労しどおしやろ言うて。兄サンみたいの、ぎょうさんおる。嫁さん嫌いなわけやないけど、女の後ついてプッと家出るねん。一途やから、その時は何言うてもあかんねん。燃え上がってしまう。放っといたらええのんや。海越えて飛んでいくわけやない。そのあたりにいるんやさかい」

「海越えて、て言うて」

春美は一瞬海の水の冷たさを感じ身震いする。男は春美が楽譜を入れた布袋を胸に抱きしめるのを見て言いすぎたというように、

「うちの嫁はんが、ようワシに言う。逃げるんやったら、そのあたりでチョロチョロすなと言

うて。日本は四つの島から出来とるさか、女と逃げるんやったら、海でも渡って、うちの嫁はんがさがし出せんとこへ行きやと言うて。けど、春美ちゃん」

「なに？」

春美は楽譜入れを抱きしめたまま身震いする。

「うちの嫁はん、よう知っとるやろ？　皆なでお好み焼き食べに来てくれた時かて、本当の兄サン以上の兄サンの前で、うちの嫁はん、ワシの事、ボロカスに言うやろ。あれでほんまはオッチャンに惚れきっとんねん。海ぐらい泳いで渡ってこいでか。うちは蛇やど。清姫やどと言うて、女と逃げもせんうちから煙幕張っとる」

「蛇、海、渡るんかァ」

春美は体中が凍えそうな気がする。

「さァ、ほんまの事、オッチャン、無学やし、日本語の読み書き、嫁はんにまかせっぱなしやから、分からへんけど。渡り鳥やったら海ぐらいひとまたぎするの、知っとるわなァ」

春美は真顔で答える男におかしくなり、

「ツバメ？」

と訊く。

「ツバメは南の方からや。ツルやガンは北の方からや。いっぺん水炊きでカシワだけと違て、そんなのやったろかなと思うけど。この間兄サンに言うたんやァ。止めとけ、すぐ、これやァ、と言われた」

男は運搬車を押していた両手を離し、素早く両の手首を交差させ、すぐ離してまた倒れかかった運搬車をつかむ。春美はその手際のあざやかさが楽しくて笑った。笑うといままで凍えそうだった気持ちが暖かい。春美が父と母の事で取り越し苦労をしていた気になる。胸に抱きしめた楽譜入れに入った銀のかんざしが暖かい熱を持つ。まるで父に連れられて一家で出かけた男と男の嫁はんの経営するお好み焼き屋に行った時のように、体の芯まで暖かくなる。春美は楽譜入れに手を入れた。

「オッちゃん、ええ物見せよか？」

春美は大人っぽく言い、

「これやァ」

と銀のかんざしを取り出す。

「ほォ、ええなァ。ほんまの銀やなァ」

男は立ちどまって、まるでそれを春美が自慢する事を知っていたように大仰に言った。春美は一瞬、父が弟分にしている男に銀のかんざしの一部始終を話し相談したのではないか、と思ったが、気持ちが暖まったままいたいと思い、

「お父ちゃんが買うてくれたんやァ。お母ちゃん、もうデビュー近いと言うたから」

と少し嘘をまじえて言う。

「ほんものや。銀はええんやで」

男は胸が詰まったように言葉を切る。春美は男が銀に託して何を言いたいのか分かったというように、

「お母ちゃんがお父ちゃんは親孝行と違て、子ォ孝行やと言う。コンクールの時、これと御地蔵様おがみまひょと言う」

とことさら銀のかんざしを髪にかざし、灯りのついた一文菓子屋の硝子戸を見、自分の姿をさがした。硝子にぼんやりと春美ではない自分とそっくりのもう一人の少女が写り、春美が笑をつくると笑を浮かべた。

千年の古都

五月に入り、その日は特別に朝から晴れ上がっていた。母は学校から戻って来る春美を待ちかねていたように、

「春美、お母ちゃんとちょっと一緒に行こ」

と機を織る機械を止め、立ち上がる。母が余所行《よそゆ》きの着物を着ているのを見て、春美は一瞬とまどい、かまちを上がりながら、

「どこ?」

と訊ねると、

「先生とこ」

と顔をしかめ、悪戯《いたずら》っぽく笑う。

「はよ、仕度しいや。遅いのは誰でも出来る」

母は歌うように声を出し、春美がとまどったままなのに頓着しないように、春美の帰りを待

ちながら糸を紡ぐ機械相手に、一人うたっていた続きだというふうに浪曲の小節を鼻歌でくちずさみ、ふと思いついたように清乃を呼ぶ。清乃は裏の御地蔵様の脇で遊んでいた。

「お姉ちゃんと行って来ますさかいに、哲生来たら、ここの十円やって」

母は流しの脇に十円を置き、

「早よ、戻って来ます」

とつぶやく。清乃は、

「お姉ちゃんばっかし」

と声に出し、まだとまどったままの春美の顔を見て舌を出す。

「なんやの?」

春美は訊いた。

「カズぼん来たら、他の町の子と話しとったと嘘言うたろ」

清乃が言うと、母が、

「何言うとるの。もうお姉ちゃん、デビュー近いよって、先生に相談に行くんやから」

と言い、春美に手早く着替えろと服を差出す。気持が昂ぶっている母にとまどったまま、春美は余所行きの服に着替え、ふと気づいて念を押すように、

「カズぼんに嘘言うたと分かったら、あんた、カズぼんに泣かされるぇ」

と言い、それでも清乃が春美の言う事をきかずカズぼんに嘘を言う気がして、清乃の耳のそ

ばで小声で、

「帰って来たらな、ええ物あげる」

と言う。

「ええ物て、なに？」

「ええ物て、ええ物。お姉ちゃんの楽譜入れ欲して言うてたやろ？　楽譜入れかもわからへんし、人形かもしれへん。そや」

春美は清乃を見てつぶやく。

「ノンノさまのとこに置いたかんざし、触ったら、すぐお姉ちゃんには分かる。触ったらあかん。人が触ったら、その人、脚が痛なる。お腹が痛うなる。はるかという子、知ってるかァ？」

「知らへん」

清乃は春美の術にかかったように真顔で首を振り、

「なに？」

と訊き返す。春美は母がかまちに腰かけ、開け放った玄関の外の、五月の柔かい日が撥《は》ねる小路を見つめているのを盗見して、清乃の耳元で、

「お姉ちゃん、本当は双子やったの知ってたか？」

と訊く。清乃はとまどい後ずさりして春美を見つめる。

「もう一人、お姉ちゃんにそっくりな清乃のお姉ちゃん、いるんやァ。その子が、はるか」

「ほんま?」

清乃が問い返すのに春美が笑いをこらえながら、

「ほんまやァ」

と言いかかると、余所行きの着物を着てかまちに腰かけていた母が一部始終を耳にしていた
というように、

「何を言うとるの」

と笑い、

「さあ、行きまひょ」

と立ちあがる。

「清乃、あんたもしっかりしてくれなあかんえ。もう、お姉ちゃん、デビューするんやから。

哲生、外から来たら手洗わして」

母はそう言って外に出た。母の後について靴をはき外に出ると、かげってほの昏《ぐら》い家の中から清乃が、

「嘘や。お姉ちゃんが嘘つくんやったら、うちも嘘ついたるから」

「カズぼんの事、本当は好きやったと言うたる」

と言い、母と春美二人が外へ行くのが腹立たしいというようにまた舌を出す。小路を電車通りの方に歩き、通りに抜けてから、ふと母は清乃が何を言っていたのか気づいたというように、

「ここらの子、ませとるから相手にしたらあかんえ」

と言い、自分独りの物語に酔ったように、

「お母ちゃん、あんたを違う子やと思てるんやから」

と言う。

「違う子ォて、なに？」

「違うんやァ。あんた、お母ちゃんの宝や。お母ちゃん、浪曲好きやし、前からこんなに歌好きやし、浪曲てええ物やし、何もかも放り棄てて浪曲の一座についていこかしら、と思た事もあるほどやから。春美が歌うとて、お母ちゃんの言うとおり唸ってみて、すぐ分かる。誰かて春美の歌聴いたら、この子は仏様がくれた宝やと言わはる。お母ちゃんなァ、今日、先生にお母ちゃんの気持ち言うだけ言うてみよ、と思うてるのや。何もかもかけてみる、言うて。何もかもかけてみるだけの値うちのある子や、と言うて。先生、それ分からへんかったら、先生が分かるまで教えたろと思てます。それでも分からへんかったら、分かる先生のとこへ変ったらええのんや。春美」

母は歩きながら、不意に昂ぶりに抗しきれないように春美の手を握りしめる。春美は母の手の力を感じ、不安になる。

「お母ちゃんの人生、一回しかないねん。一回しかないのに黙ってられへん。お父ちゃんと一緒になってな、春美を生んで清乃を生んで、まだまだと思てるうちに、もう浪曲の一座の後ついていっても、御飯炊きしか出来んような年になってしもた」

「御飯炊きて？」

「歌聴くだけや。若い時はうちも気性激しいよって、あんな好きかってな事するお父ちゃんに春美も清乃も押しつけて家飛び出したろかな、と思た。浪曲のあの味、ええやんかァ。節がえぇのやァ。文句は、何が何して何とやら、でええのやから。覚えてないやろけど」

母はふとなごんだ顔をし、春美の手を握ったまま、小声で科白《せりふ》を言い、

「いっつも二人で浪曲うたってたなァ」

と笑をつくる。春美は母が言う子供の頃を覚えている気がする。その子供の頃から、母が突然家を出て戻って来なくなるのではないか、と不安に感じていたと思い、春美の手を握りしめる母の手が燃えるように熱いのを知り、春美は漠然と母が今、二人だけで家を出ようと言う気がしておびえた。春美は母に手を握られたまま通りを歩き、通りに面した商店の硝子窓に写った自分の姿をさがした。駄菓子屋の硝子に写っている自分も、魚屋の硝子に写っている自分も春美にそっくりだったが、少し違っている気がした。

「お母ちゃん。ちょっと歩くの速い」

春美は小声で苦情を言い、母が、

「そうかァ」

と歩足を緩めるのを見て、洋品屋の硝子戸に写った春美とそっくりな余所行きの女の子に、

「お母ちゃんの言うとおりせなしょうがないなァ」

と苦情を訴える。

「うちにお父ちゃんもおります。妹たちも弟もおります。お父ちゃんは男やし、妹たちも弟も歌がそんなに上手と違います。それに小さいし。お母ちゃんの気持ち、春美にしか分からへん」

「なあ、双子て、ほんと?」

硝子戸に写った女の子が訊ねる気がした。

「本当や。うちら双子や」

春美は声に出さないで、独りごちる。

「お母ちゃん、一人で家出てゆくの、怖いから、うちがお母ちゃんと一緒についていくんやァ。お父ちゃんも怒るし、清乃らも、お母ちゃんはお姉ちゃんの事ばっかりやと言うやろけど、仕方ないんや」

春美は声に出さず独りごち、急に歩くのがおっくうになった春美を母が怪訝《けげん》な顔で見るので、母に秘密をさとられないように春美は、

「お母ちゃん、ちょっと休んでから電車に乗らへん?」

と訊く。母は笑い出した。歩くのが遅くなった理由は分かっているというように、

「歌謡教室ズル休みしてるから、先生とお母ちゃん会うのつらいのやろ」

と春美の頭を握った手と反対の手でポンとひとつたたく。

春美は自分の頭をはたいた母の手が髪に軽く指をからめるのを感じ、ふと心の中で想っていた双子の、はるか、という女の子がかき消えてしまった気がした。往来に撥ねる日射しがまぶしかった。五月という、京都でなにもかも美しく見える季節があるなら、晴れ上がった空からおしげもなく降りそそぐ光がまぶしい今日が、夏のように暑くなく、はんなりとし、光も翳《かげ》も柔らかく優しく、本当の五月なのだと感じ、髪に指をからめる母がもう一人の母と一緒になったと思った。

確かに何回か歌謡教室をズル休みしていた。寺の境内や小路で遊び仲間とおしゃべりや男の子のやる遊びに興じていて、歌謡教室に行く時間になり、自分一人遊びの輪から離れるのが厭で、そのまま時間を気にしながら遊び続け、三十分ほど経ってから、今、歌謡教室にむかっても、大幅な遅刻だと分かって、家の隣の西野のおばちゃんと春美が呼ぶ同じ機を織る家へ行き、

「おばちゃん、頼むわ」

と言って、歌謡教室のレッスンに費す時間を潰す。或る時はカズぼんに目撃されたように、八坂神社の方まで電車を乗りついで出かけてズル休みしたのだった。しかしそれも母の触れるとも触れないとも分からない優しい指の感触を髪に感じた今、自分の子供じみたわがままだったとはっきり分かる。

「お母ちゃん、うち、ええ歌手になるよ」

「そうや。春美にしか出来《でけ》へんことや。春美が、うち厭や、歌手になりとうないと言うても、お母ちゃんが代わってやる事、出来へん。他の子が代わってやる事、出来へん」

母は光の撥ねる道を見つめながら、春美だけでなく自分自身にむかって独りごちるように言う。春美はその母の気持ちを分かった。

小紋の花をあしらった余所行きの着物を着た母は、まだ幼い春美にも少しばかり派手で、町中で見かける母と同じ年格好の女の人と比べれば、母の性格の強さが浮き出て見えるが、本当の五月だと気持ちも明るくなる今日、その母の姿こそが千年の昔から都だった京都にふさわしい美しさだと思った。いままで母がなまなましすぎている気がして、春美はとまどってばかりだった。とまどいは初潮を見て、自分がもう清乃のように男の子と混って遊ぶような子供ではないと知って一層強くなり、母が、〽夢も濡れましょ、と鼻歌をうたう度に、母が広沢虎造の浪曲の節を口ずさむ度に、耳を塞ぎ、目をそむけたい気がした。

春美は母と手をつないで歩きながら、今、春美が感じている事を言いたかった。しかし、いざ言葉にしようとすると、何を言っていいか分からない。

「お母ちゃん……」

母は春美に呼ばれて振り向き、

「なにィ?」

と訊いて春美の眼をのぞき込み、春美の考えている事を一から十まで分かっているというように、笑を浮かべる。春美はその母の笑が眩しく、通りに面した菓子屋が緋色の毛氈《もうせん》を敷いた縁台を出しているのを見て、

「お母ちゃん、あそこにスイカ氷あるえ」

と世迷い言のようにつぶやく。

「なにを言うてるの、まだ端午の節句過ぎたばかりやのに」

「ちょっと休も」

「そうかァ。そんなに先生からズル休みの事言われるの、つらいの」

母はまた春美の頭をこづき、今度ははっきりとこづいたその手で春美の髪を撫ぜ、指で二度、三度触ってみて、

「絹みたいに柔らかい細かい髪や」

とつぶやく。

「ひと休みするなら、しましょ。けど、お父ちゃんにも、清乃らにも内緒やで。織物の納期、せまってるけど、どうしても大事な相談やからとお父ちゃんに無理言うたんやし、清乃らもお母ちゃんが春美と二人だけでお菓子食べたと知ったら、後で何をねだられるか分からへん」

母はそう言いながら、春美の先に立って菓子屋の中に入り、陳列のケースの中の餅菓子を指さし、

「綺麗な色やなァ」

と声を上げる。母は鮮やかな緑、春美は桜色の餅菓子を頼んだ。歳取って背の曲った菓子屋の主人が餅菓子を一つずつ皿に盛り、茶をたてる間、母は隣に腰かけた春美に秘密の事を教えるように小声で、

「あんたの髪、柔らかいし、量が多いよって、コンクールに出る頃まで切らん方がええなァ」

とつぶやく。

「切らんとのばしとくの？」

「長《なご》うした方が、はっきり分かる。春美がそこにおる。ああ、あの子やって。無口なお父ちゃんがぽつんと言うた事あるねん。あの人、春美も知ってる通り遊び人やからな。まだ春美、肩車して、お父ちゃんが銭湯に連れていってた頃や」

「うち、お父ちゃんに肩車されて銭湯に行ったの？」

「そうやァ」

母は笑う。

「男はんの方の湯に入ったの」

母はうなずき、ふっと顔が翳る。

「うちは古い人間やよって、あの頃からこの人と苦楽を共にしようと決めたんやから、とお父ちゃんがどんなに余所で遊んでもがまんして来た。苦もあれば楽もあると思ってな。添いとげ

たる、しっかり行く末をみてみると思てな。歯噛みしめてがんばってるお母ちゃんに、あの人、春美を膝に乗せて髪の毛撫ぜて言うねん。春美の髪の毛は絹や。おそらくお父ちゃんの田舎の方の血や。お父ちゃん、何言うてるか、分かるか?」

「分からへん」

春美は菓子屋の主人が運んで来た茶と菓子の乗った盆を受け取り、脇に置く。母は茶の入った茶碗を両手に持った。茶をすする前に種明しするというように、

「お母ちゃん、その時、三つの春美にやきもち焼いたんえ」

と言い、茶を一口すすり、春美を見て、

「お母ちゃんの髪も鴉《からす》の濡羽色《ぬればいろ》やけど、硬い」

と言う。春美は母の話が楽しかった。不思議な気がした。五月の今日でなかったら、母がまた女遊びする父に苦しみ、行き場のない母のなまなまとした気持ちを訴えられているようで重苦しく、春美は父の子だという拭えない事を盾に父の身代わりになって責められている気がするのに、今は母がどんなに父を好きか、父にどんなに愛されて幸せのさ中にいるか聴かされている気がして、なにもかもが嬉しくなる。いまならたとえ父と女が目の前を通りかかっても、二人の子として二つに引き裂かれる事なく、父を惑わす女に、

「あんさん、お父ちゃんをよう遊んだってくりゃはりました。おおきに。そうやけど、どこかへ去んで」

と春美が口をきける。

春美は子供心に、母が機を織りながら教え続けた歌が、他ならず父の女にそう言い放つ自信をつくってくれるのを気づいていた。春美は桜色の餅菓子の甘さをしっかり覚えておこうと思う。餅菓子の甘さが春美の口から喉にしみ通り、自分の体の奥から浪曲師のように喉を潰さずとも軽々と浪曲の張りの部分を歌ってのける天成の、誰もが驚く春美がむくむくと現われ、母と共に声を立てて笑う気がする。

電車を乗りつぎ歌謡教室に着き、先生の顔を見るなり、母は春美をコンクールに出すと言った。母はズル休みの事も、母が教えた唸りを先生がどう思っているかも訊かず、まるでそこに現実の春美ではなく、もう一人春美がいるように、コンクールに出て、優勝をさらい、並み居る審査員の先生達に、直接春美を見せ、歌を聴かせ、春美の歌を母が聴きながら、日夜思っている事が間違ってはいないと確かめたいと独りしゃべった。

先生は最初とまどい、そのうち母の熱気に圧《お》されたように、春美が次のレコード会社のコンクールに出る事を了解した。

「それなら、お母さん、少し舞台に立つ練習をしますか」

先生は言う。

「なんでもさせますが、春美は普通の子と違います」

母はそう言い、自分で自分の言葉の強さにとまどったように、脇に坐った春美の髪を撫ぜる。

「歌うたう時、一人にちゃんと聴いてもろたらええと言うてます。この春美が言うんどすぇ」

「お母ちゃん」

と春美は思わず言った。そんな事を春美は言った覚えはなかった。

「歌も聴く人と苦楽を共にする事と違いますか」

母は昂ぶったまま言う。先生は母の昂ぶりに気圧《けお》され、苦笑し、

「まァ、そうです」

とうなずき、春美を見て、

「やってみよ、な？　出るからには優勝せなあかんのやから」

と笑いかける。


その日から急に何もかも変化したのが春美に分かった。母が歌謡教室の先生の元に、直談判のように、春美を次のレコード会社のコンクールに出すと言いに行ってから、普段はノロノロと走っている電車さえ急《せ》いているように動くと思った。学校から戻るとすぐに歌謡教室に向い、レッスンをし、以前と同じように松山恵子の歌をうたい、美空ひばりの歌をうたったが、先生は春美が母から教わった唸りを入れても厭な顔をしなかった。唸ってみて先生の顔を見ると、先生はまだ幼い春美がいまここに居ると人に言うには、喉を締めて声をぶつけて、小さな動物

がこまっしゃくれて、威嚇の声を発すように唸るしかないと分かったように、

「どんどんやったらいいよ」

と勧める。春美は先生に言われ、ぼんやりと母と春美だけの秘密をもっと人の前で見せたらよいと煽られている気がし、唸らなくてもよいところでも唸りを入れて歌い、ふと自分の歌が浪曲そっくりで、それが結果的には浪曲を一等好きだという母をからかっている気がしておかしくなる。美空ひばりの歌を一曲唸りを入れるだけ入れて歌ってみて、

「浪花節やんかァ」

と春美が笑い出すと、先生は春美の言葉を待っていたように、

「ひばりさんの歌い方は、昔からある新内や都々逸《どどいつ》の歌い方、ようけ使っとるんや」

と言い、歌が日本の歌である限り、浪曲の歌い方、浄瑠璃の歌い方、民謡の歌い方、と色々使ってもいいのだと言った。

レコード会社の新人発掘の為のコンクールは秋にあった。方々の地方で予選を繰り返し優勝者が東京に集まって並み居る先生方を前に歌を競い、その東京の本当の全国コンクールの優勝者が、レコード会社からデビューする。コンクールに応募する歌手の卵も、審査員の先生も、企画したレコード会社も、一体どんな歌がいま好まれるのか誰も分かっていなかったが、世の中が大きく変化しようとしている事だけは分かっていた。京都の方々でデモが繰り返され何事かをめぐって大人らが議論し、学校が突然、同盟休校だと言って休みになったりしたのがこの

間の事だったし、すぐに東京でオリンピックが開かれると決まっていたので、弾みがつき新しい建物が次々建てられていた。もっとも千年の昔から変わらない京都の、昔ながらの老舗の並ぶ西陣の小路では、安保反対のデモがあった、オリンピックにあやかった建築ラッシュだと言っても何ひとつ変わる事なくただ家並みに機を織る機械の音だけ響くだけだったが、西陣全体に景気がよく、老舗の何軒かに金襴緞子《きんらんどんす》を使った目にも綾な着物の注文が相次いでいるというのを春美も目にしていた。確実に何かが動いていた。母は歌謡教室から戻る度に、その日、何を習ったのか訊き、春美が、

「松山恵子の『お別れ公衆電話』とか」

と答えるとじれたように、

「なんでそんな辛気臭いのやるんやろか」

と言い、春美が、

「ええやんか。切のうて」

と悪戯っぽく笑うと、

「好かん、好かん」

と手を振る。母は機械の前から立ち上がる。

「一服させてもらいまひょ」

母は流しに立って湯をわかし、

「なあ、ええ歌手、他におらんのかいな」

と声を出す。母の心の急き具合がつぶやくような声からも感じ取れ、春美は急いた母に漠然と不安になって、

「お父ちゃん、また他所へ行ったの？」

と訊いた。

「お父ちゃん、てか？」

「うん、お父ちゃん」

春美の声を聴いて母は、ふんと鼻を鳴らし、わいた湯で茶を入れ湯呑みを持って春美の前に歩いてくる。母は笑をつくった。

「アホなお方や。五番町のお女郎さんら、３３３で他所へ行ったから、わざわざ他所まで行って遊んで、もう女遊びやめやと言うたら、今度は何やと思う？」

「何？」

春美は母につられて笑いながら訊いた。

「裏へ行って、自分で見てみ。そやから、お母ちゃん、思案してたんや。あの人がそんな手に出るんやったら、お母ちゃんは春美や。春美に生卵でも何でも飲ませて仕立てあげたる、と思て」

「何？　お母ちゃん、言うて」

「自分で確かめてみいや。何考えてるのや、この人、と腹立つやら悲しなるやらしたけど、あ

あこの人、男や、こんな人やから、お母ちゃんはずっとそばにおったんやと思て、今に見てお
れと思案してたんや」

「何？　見て来てええの。どこ？」

春美が訊くと、

「裏」

とだけ母は答える。春美は母の言う裏に廻ってみた。釣鐘状の竹籠が二つ置かれてあり、一つの竹籠の中にくすんだ色調だが金糸銀糸で織ったような、一見して闘いの為だけに生まれて来たと分かる鋭い眼差しのシャモが入っている。もう一つの竹籠は空だった。シャモを見つめ、

「ふうん」

と声に出してつぶやきながら家に戻ると、母は、

「あんたわかるの？」

と訊く。

「何？」

「何て言うて、アホな男の気持ちとそのアホな男に振り回されてる女の気持ちや。アホな男、シャモ持って、飛び出して行きはった。お好み焼き屋のおっちゃんとしめし合わせてな、どこそでボンがあると言うて。アホな男や。なァ、春美」

母は湯呑みを脇に置き、春美を真顔で見つめる。

「何かて訓練せなんだら勝てるはずがない。お父ちゃん、他所でシャモ二羽仕入れて来て、仕込みもせんとボンがあると聞いたら、一羽持ってすぐ飛び出した。お母ちゃんは違うよ。じっとがまんする。じっとがまんして、それでここや、という時に、行く」

「お母ちゃんのシャモはうちの事？」

「シャモと違う。歌手や。あの人、うちが何考えてるか、分かろともせんで、おい、ええやろ、綺麗やろ、強いど、と言わはる。ええどすなァ、綺麗どすなァと言うけど、心の中で、女はんに男はんの考えを、全部分かれと言うても無理な話どすえ、とお母ちゃんは思てる。シャモ、外から持って来て、自分の手突つかしたり、ドジョウ食べさせたり、仕事ほったらかしてつきりで眺めてて、あの人、ちょっと行って来ると言うて銭湯に行ったの。帰って来て、裸になって、まるでお女郎さんとこへ行くみたいにお母ちゃんの鏡台で体写してな、服着替えて、シャモ一羽抱えて外へ飛び出した。お母ちゃん、お父ちゃんにそうされたら、何したらええ？　お父ちゃんを立てるけど、お父ちゃんとお母ちゃん、五分五分や。歳違てお父ちゃんと一緒になったけど、その時、はっきりあの人も、男と女は五分五分やと言うたんやから」

「お母ちゃんももう一羽のシャモ持って、お父ちゃんと一緒にボンに行くの？」

「お母ちゃん、男はんのそんな気質を好きやけど、一緒にボンになどよう行かん。春美の歌を考えてたんや。シャモと違う。あの人が生ませてうちが生んだ子の事や。その子を、あの人が他所へ行くさかい憎いさかいと取り殺すんと違う。その子を日本一の歌手にするんや、日本一の綺麗な女にするんや。今日、うちは決めたんや。どんなに金がのうても、あんたの舞台衣裳の着物、うちがつくる」

母は春美の顔を見つめる。

「西陣の女の意地て分かりますかァ。十五の歳から西陣に来てな。月の物の時もつわりの時も、めまいしたり吐き気したり。ここの女《おな》ごはん、それこらえながら、糸紡いだり、機織ったりしてな。その織った着物、誰が着やはりますの？　機織った人着た事もないし、自分の織った着物を着た人さえ、この眼で見た事もおへん。うちらも女や。男はんらはどんな事でも出来る。うちらは、女や。ええ着物、着たい。せめて手で触ってみたい、そうでなかったら、夜なべして眼しょぼしょぼさせて織った着物、どんな御方が着てはるのか一目、見てみたい」

母は涙ぐんだ。涙がふくれて睫に広がった。

「みんなそうや。お母ちゃんもそうや。一生ただ目に出来ん物織り続けて、ここにおるの、酷すぎるやんかァ」

母は溜息をつき、指の背で睫をおさえる。

「うち、お母ちゃんのシャモになったるから」

「シャモと違う。歌手や」

「歌手…」

とつぶやいてみて、ふと夕暮時、西陣の小路に響く機の音に混ってもう一人の母の歌声が聴こえる気がするのを思い出し、春美は、もう一人の母の歌声を耳にし、慰められているのは自分一人ではないのだと気づいた。機械や昔ながらの機の前に坐った女らが、春美と同じ歌声を聴いている。母もそうだった。母も十五の年から西陣に来て、自分だけの為に歌ってくれるもう一人の本当の母の歌声を聴いていたのだった。歌声は小路にこぼれ落ちる光と共にわきあがり、夕暮時に闇が小路の中に空から落ちて来て、水の中の絵具のようににごり始めると、空に浮きあがって消えてゆく。女らは声が消えてもまだ機を織っている。母が立ち上がって、

「春美、ええ物あるえ。こっちへ来いや」

と奥の間に呼んだ。

母の声の昂ぶりに釣られて、春美は奥の間に行った。

「これを着物にするんや」

たんすの中から燃えるような赤と水色の反物を二反取り出して坐り、膝に置いて春美の顔を見る。春美は反物を二つ母が持って、家の中の翳に坐り、父に女の意地を見せるのも、男衆に西陣の女の意地を示すのも、春美という歌手を飾ることでまっとう出来ると無言で言うように見ていると思い、内心で、歌などうたいとうないと駄々を言いたい気持のまま、

「綺麗やなァ」

とことさら驚いたように声を上げる。

「そうやろ。前からちゃんと用意してたんや」

春美は母が立って反物を広げ、春美の体に当ててから隅の鏡台をあごで指し、

「姿を写してみ」

と言うのを聴いて、父が女に逢いに行く前のように裸の体を鏡台に写してから服をつけ、シャモを持って外へ飛び出したというのを思い出し、心の中で、やっぱしシャモと同じやとつぶやく。ただたとえ母の飼うシャモでも、父の飼う本当のシャモのように簡単に負けて鳴き声を上げるような弱虫ではないと春美は自信があった。父のシャモはすぐ闘いにおびえ戦意を失くし、父やお好み焼き屋のおっちゃんの弾んだ気持に水を掛けるように鳴き声をあげた。

夕方、春美が清乃と夕食のおかずを買いに通りの方に行きかかると、小路の辻の御地蔵さんの前で父がシャモを抱えてしゃがんでいる。清乃が声を上げかかるので春美はとめた。父は二人に気づかないまま、ぼんやりと通りの方を見、それから抱えていたシャモを手から離した。シャモは歩きかかり、急に目が見えなくなったように立ちどまる。

「何してはるの?」

清乃が一目で落胆していると分かる父に声を掛けた。父は顔を上げ、

「春美と清乃かァ」

とつぶやき、いつまでも落胆していてもつまらないというように手でズボンや胸の埃を払っ

て立ちあがり、

「お好み焼き屋のおっちゃんの新しい店で水炊きにしたるのも不憫でここまで連れて来たけど、もうそのシャモ飼う気ない」

と小路の辻の真中に立ちすくんだシャモを言う。

「目が見えんの？」

春美が訊くと、父は苦々しく、

「目が見えん事あるか」

と言う。

「鳥目ていうのあるよ」

清乃が言うので春美は、父の苦々しい気持ちを代弁するように、

「まだ明るいから見える」

と言う。

「そしたら、何で動けへんの？」

「怖いのやァ。負けたから動いたら、やっつけられると思てる」

春美は清乃に言う。父は急に気づいたように、

「買い物か？」

と二人に訊き、春美と清乃がそれぞれうなずくと、

「あれ怒ってたか？」

と訊く。

「怒ってはった」

清乃が父の気持ちも母の気持ちも頓着しないというように、答える。

「そうかァ」

父は溜息つくように言い、

「早う買物に行って来」

と言い置いて、シャモを見向きもしないで家の方へ歩きはじめた。清乃が、

「シャモ」

と父に声を掛けかかったので、春美が、

「もうなァ、このシャモ、お父ちゃん、飼う気ないんやさかい。もう一羽、裏の竹籠の中に強そうなの、おるから」

と弁解し、清乃にむかって買い物は自分一人でやるから小路の辻で途方に暮れているシャモを寺の境内に連れて行け、と言った。境内に放せば常時人がいるので、餌にありつく事が出来るだろうし、奇特な人が家に連れて帰り飼育するかもしれない。

「食べられてしまう」

清乃が言い、たとえ父が不本意なシャモの闘いぶりに腹立ち、辻に放り棄てたものだとして

も、可哀そうだから寺の境内に連れていけない、それなら家に連れて帰り姉妹《きょうだい》で飼おうと言い出した。

「あかん」

春美は言った。

「なんで？」

「なんでも」

「なんで？」

清乃は訊き直した。何故、父の棄てたシャモを家に連れて帰れないか、清乃に分かるように説明する事は出来なかったが、春美には、たとえシャモが境内で野犬に襲われようと、人に捕まえられ食べられようと、絶対、家に連れて帰り飼えない事だけは分かっていた。春美は辻に立往生したままのシャモを父がしていたように抱え、持ちあげた。シャモは大きい力が自分の体に触れるというように一瞬身をすくませ、それが敵でなく温かい肌のやさしい人間のものだと安堵したようにおとなしく身を寄せる。

「なんで？」

清乃が泣き声でなお訊いた。

「うちが境内に連れていくよって、あんた、はよ、買い物に行き」

春美は震えながら清乃に言った。動きもしないシャモの温かい体温と心臓の鼓動が腕に伝わ

り、春美は急かされるように小走りに小路の中を寺の境内に向かった。清乃が春美の後から、

「お姉ちゃん、バチ当たるから」

と泣き声で春美を脅かす。シャモの体がますます温かくなり、心臓の鼓動がますます強く響くのを感じながら、春美は息をはずませ小走りに駆け、違うんやァ、と独りごちる。春美の御地蔵様やったら、分かってくりゃはりますゥ。春美は腕の中のシャモに語りかけた。あんたも う厭やったんやなァ。堪忍してやってね。お父ちゃんやおっちゃん、男はんやから、あんた喧嘩させた。そやけどお父ちゃんもおっちゃんも、食べへんかったよ。お父ちゃん、メンコして負けた哲生みたいやった。喧嘩厭やというあんた抱えてボーッとしてはった。

春美は寺の境内に来て、銀杏《いちよう》の木の下にシャモを置いた。

「さいなら」

春美は声に出して言い、そのまま父がしたように振り返りもせず境内を出て、ふと父が小路の辻の御地蔵さんの前にシャモを抱えてしゃがみ、その前でシャモを放したのは、いまの春美とまったく同じ気持ちだったのだと気づいた。

夏の地蔵盆の日、町会の集会場で浴衣を着たり真新しい服を着た子供相手に、西陣の普段なら練糸《ねりいと》の入った箱をかついだり、納品の布を運んだりする男衆が、妙な抑揚をつけて御地蔵さんがどんなに子供を好きで、子供を慈《いつく》しむかという話の紙芝居を妹や弟と一緒に見ながら、春美が思い出したのは、そのシャモの事だった。シャモはしばらく寺の境内にいて、或る時突然、

姿を消した。御地蔵さんが小さくて無邪気な子供を慈悲深く愛するなら、父が闘いに負けたシャモを殺すのもしのびない、そうかといって、家で飼う気になれず、御地蔵さんに頼ろうとしたのは、シャモも子供と同じように小さくて無邪気だったからだった。父は集会場で、幕引きをやっていた。隣の西野のおっちゃんは、

「次は紙芝居。次は手品」

と進行役をやっていた。手品の次は、西陣の婦人会有志の踊り。それが終ると、集まった子供ら全員に籤《くじ》の入った御菓子の袋が配られ、舞台の上に引き出された机の上に並べられた景品が籤の番号と交換される。その景品は春美にも清乃にも、ましてやカズぼんやショーちゃんには興味ひとつ湧かない小学生が使いそうな鉛筆、帳面の類。清乃が春美のそばに来て、

「こんなクズみたいな景品、誰が買って来たんや、とカズぼん言うて、西野のおっちゃんにこここでゲンコツ入れられたんえ」

とささやき笑い、

「うち、喉、乾いてきた」

と後に坐った母を見る。

「お姉ちゃん、胸ドキドキせえへんかァ」

清乃が真顔で訊く。

「ここで歌うたうのに、何でドキドキするの。うちなんか、もうじき、本当のステージでも歌

うんやから」

春美が言うと、

「ほんまァ、胸ドキドキせんの」

と擦《す》りより、いきなり春美の胸元に手を当てる。驚いて声をあげ清乃の頭をはたき、

「何しやはるの」

と胸をかくしあたりを見廻すと、小学生の子供らを引き連れたような形で、舞台の一等前に坐っていたカズぼんが一部始終見ていたように、

「やったァ」

と声を出す。清乃がそのカズぼんに、

「やっぱし、そうやァ」

と言う。

「なんやの。あんたら」

春美が言うと、清乃が後に坐った母に、

「もうお姉ちゃん、大人やんか。子供ののど自慢に、お姉ちゃん出たら、優勝するに決まってる」

と、言う。母は取り合わないというように哲生のもらった御菓子の袋を開け、籤の番号を哲生に渡している。

「あんた、カズぼんに、お姉ちゃんの胸に触れと言われて、それで触ったの」

春美は一等前に坐って、

「やったァ」

と手を振って、言い続けているカズぼんに腹立ち、清乃をぶとうと手をあげた。その時、西野のおっちゃんが、

「次はのど自慢。出る人は、おっちゃんの脇に来てんかァ」

と声をあげた。子供らが、一体何が面白いのかワーッと歓声を上げる。清乃が、

「ドキドキする」

と言いながら立ちあがり、哲生が、

「あんああ、やな」

と母に念を押し、

「そうや」

と言われて立ちあがり、西野のおっちゃんの立つ幕のそばの方に行く。春美は立ちたくなかった。立ちあがれば、子供らも大人も皆が皆、自分を注視する気がした。

「春美。何してんの」

母が後から言った。

「うち、歌いとうない」

そう言うと涙が出た。

「さあ、早よう立ち」

母が後から春美の背中に触れた。渋々と立ち上がり、人が皆、自分を注視している気がして眼を伏せたまま西野のおっちゃんの脇に行く。

「一人歌うたら、次の人、壇に立って自分の名前と歌の名を言うのやで」

歌う順番の番号を書いた紙切れを子供らに渡しながら西野のおっちゃんは言い、他の子供より遅れて脇に来た春美に気づいて顔を上げ、

「一番最後に歌てくれるかァ」

と訊く。

「ええ、うちが一番最後？」

「そや。のど自慢言うても鐘も鳴らへんし、順番もつけへんさかい、春美ちゃん、上手やよって締めくくりや」

西野のおっちゃんは声を落とし、がんばってや、とつけ加え、幕の前に体を押しつけあって坐った子供らに、もう少し前に詰めろと言う。十二と十三の番号を持った女の子が二人だけ西野のおっちゃんの言いつけを聞いて前にずれ、わずかに空いた場所に春美は坐った。十二番の番号を持った女の子が後を振り返って春美を見、横に坐った十三番の女の子に、

「あの人、玄人やんか」

とささやく。

「ほんと?」

「ずっと歌の学校に行ってる」

「あかん」

十三番の女の子は首を振る。首を振ると、三つ編みにした髪が揺れ、肩に当たる。春美はぼんやりと、その女の子は長目の髪が得意だから、歌の学校に通っている春美と競いあっても駄目だと髪を揺すってみたのだと思うが、自分が西陣の同じ町内の子供らからどう見られているのか教えられた気がして、決心したように、

「うち、十八番やけど」

と話しかける。十二番と十三番の女の子は怖ろしいものにでも声をかけられたように、振り向く。十二番が十三番の膝を春美に気づかれないように小突き、

「はァ。そうどすかァ」

と余所行きの言葉を使って言い、歌に明け暮れる玄人とは世界が違うから話をしたくないように一つ会釈して、前をむく。二人は互いに膝を小突きあい笑った。

歌はすぐ始まった。春美は、歌に熱中しはじめた子供らの中にいて、父と母の競り合いに煽られて、母に連れられて、上ずったり、舌が廻らなかったり、歌詞を間違えたりして、それが

愛嬌だと大人たちから拍手を受ける子供と懸け離れているのに気づいた。上ずったり、舌が廻らなかったりするのなら、何度も練習すれば直る。しかし歌詞を間違えたり、飛ばしたりしたなら、春美の通う歌謡教室の先生ならレッスンを続けてなどくれない。先生は美空ひばりの『リンゴ追分』の歌詞を例にとって、リンゴの花びらではなく、ミカンの花びらなら歌はまるで違う曲になるのだと言い、言葉がどんなに大切なものかと繰り返した。

壇に上がって歌う子供らはただ声を出しているだけだった。喉に息を当て高い声を出したり、低い声を出したりして口を開け閉じし、興奮し、顔を火照らせている。歌手は違った。美空ひばりにしても、松山恵子にしても違った。先生は美空ひばりの古いレコードを蓄音器でかけて春美に聴かせ、

「この子は十歳だよ」

と言い、天成の資質として、言葉を大事にし、声の音色を大切にしていると言うのだった。レコードから聴こえて来る声は、ただ自分と自分を可愛いいと思ってくれる人だけが楽しむような子供らの歌とまるで違う。羽根か手足をもがれた子が、歌うしかないように歌っている。

七番目に哲生が三橋美智也の歌をうたい、八番目に清乃が春美が歌おうと思っていた松山恵子の歌をうたった。歌い終わると、小学生には五線譜のついた帳面、中学生には英語の単語帳が渡される。清乃は春美の歌を先に歌って日頃のうさを晴らしたように、母のそばの席に戻るのにわざわざ春美の前を通り、春美に見えるように単語帳を開き、

「ノート・ブック」

と言い舌を出す。

「あげよか？」

春美が言う。十二番と十三番の女の子は自分たちの順番が廻って来たと、急いた気持ちがありありとわかる顔で振り返る。

「どうせ高校など行かれへんから、単語帳など清乃にあげる」

清乃は春美が何を言い出したのか呑み込めない顔で立ち、

「お姉ちゃん、高校へ行かんの？」

と訊く。十二番の女の子と十三番の女の子が立ち上った。

「高校に行かんの？」

春美は清乃に訊かれ、本当は清乃ではなく、前に坐っていた二人の女の子に言ってやりたかったと思いながら、

「うちはもう歌手になるんやから」

とつぶやく。

春美は自分が普通の子でなくなっていると知った。普通の子なら、高校へ入る為に勉強しているか、高校へ進学するのをあきらめた子なら、ひとつの事に凝り固まらず、もっとのんびり過している。春美は違った。普通の女の子から、舞子か芸者に出ると見られているように、授

業が終ると歌のレッスンに通っている。レコード会社の出すどのレコードにもコンクールの応募券が入っていて、春美も母もその応募券を封筒に入れて申し込みをすればたちまちコンクールに優勝し、全国大会に出られ、またそこで優勝し、華々しくデビュー出来ると思っていたが、コンクールの応募券を手にし、春美のように薔薇色の夢を描いている歌手の卵たちは、全国に何万人もいるはずだった。ただ歌が好きというだけで衝動的に応募する子もいれば、春美のように小さい時から訓練し、先生にレッスンを受けた子もいるはずだった。何万人のうちの一人になれると思うが、そう思っている子は何万人もいる。高校の入学試験なら、千人いようと一万人いようと、二百人とか三百人という定員の群の中に入れてもらえばよいと思うが、優勝してデビュー出来るのはたった一人というコンクールでは、誰かにより添っていればよいという訳にはいかない。

十二番と十三番の女の子が学校の歌をうたって拍手を受け、それで他の子供らが感化されたのか、十七番まで『山はしろがね』とか『おぐらき夜半を』とか学校で習った歌をうたったのだった。春美は他の子供らがそうしたように壇に立ち、名前と歌の題を言おうとして一瞬、息を飲んだ。拍手が響く。春美の真正面でカズぼんが大きく腕を上に挙げ拍手をし、

「はるみ」

と声をかける。母が哲生の腕をつかんで壇上の春美を見つめているのが分かった。顔をそちらに向けなくとも、地蔵盆の催しに幕引きで働いている父がじっと春美を見つめているのが分

かった。ほんの一瞬の間だったが、拍手の波が引きかかったのをとらえ、清水の舞台から飛び降りるという気持ちのように、

「十八番北村」

と言い、そこで母を見て、

「春美。だから言ったじゃないの」

と松山恵子の歌の題名を言った。十二番や十三番の女の子の学校の歌と比べて、松山恵子の歌は恥ずかしくなるくらい女の気持ちがあふれ、下品で、蓮っ葉だった。春美はまるで素裸で往来を歩いているような歌を、今のコンクールに出ようとする自分の姿だと思ってうたった。母は春美の歌にあわせてリズムを取るように頭を微かに揺すり、それが、歌をうたっている春美の眼に、歌の中の女は浪曲や演歌という芸能に身も心も震える母と春美の姿だとうなずいているようにうつる。

春美は母に教わった唸りを入れた。集会場に集まった大人らが唸りにどっとざわめき、すぐ拍手になる。一番を歌い終わり、二番にくると、浪曲風に引きの部分を軽快に歌い、男に去られても男がプイとどこかに行ってしまうのは当たり前だと笑までつけ加えた。拍手がわき、西陣の機を織る機械の前に日頃坐りっぱなしのおばさんらが何人も、母に声をかけているのが分かる。歌い終わって拍手の中を一つ礼をして壇を降り、十二番と十三番の女の子が、穢《けが》れた物を見るように春美を見つめる脇を通って母のそばへ行き、清乃に、

「約束したからあげる」

と単語帳を渡す。

「お姉ちゃん、やっぱし上手やなァ」

清乃が春美を見つめたまま言う。

「うん、浪花節ふうのとこがよかった」

母が言うと、母の横に坐っていたカネさんが、

「お地蔵さんも春美ちゃん、上手やから喜んどるぇ」

と身を乗り出して言う。

「いつ？」

カネさんの問に返答しかね、

「いつて？」

と言葉を濁らせると、母が、

「すぐコンクールあるよって、そこから始めます」

と答える。母が春美の歌に昂ぶっているのを春美は分かった。母の体の中の何かに、春美の歌が火をつけたように、母は春美を見つめ、それから思いついたように、

「お母ちゃんは帰るよって、まだ見るのやったらここにおったらええし」

と清乃や哲生らに言い、立ち上がって、

「春美、ちょっと行こ」

と言う。

「どこへ行くの？」

清乃が訊くと、

「どこ言うて、まだコンクールはやってしまへん」

と笑い、家へ帰るのだと言う。

西陣の夏の小路を、母は思いついた事に急かされるように下駄の音を立てて歩き、家の裏の木戸を開ける。家を出る時つけていた御地蔵様のろうそくはまだ火がついていた。母はしゃがんで手をあわせ、

「おおきに。ありがとう。うちにこんな宝、恵んでくれて」

と声に出す。声がろうそくの火のように震える。

「これから大阪へも行かんならん。東京へも行かんならん。どうかよろしうお頼みします。後の子供らも、お父ちゃんも」

母は涙声になった。春美は、

「お母ちゃん」

と呼びかけ、母の背に手をかけ並んでしゃがみ、ただ御地蔵様に無心のまま手をあわせる。ろうそくの薄明りだけの夏の闇は、母と二人、海の水の中にいるような気がする。

椿の島へ

九月に入って、京都は雨ばかりだった。初旬の頃は四方を山に囲まれた盆地の京都は、夏の間中照りつけた日の熱でほてったまま雨にうたれ、暑さに湿気が加わり、西陣の小路を行き来する織物問屋の職人も物売りの女らも、

「むせますなァ」

「暑うおすなァ」

が挨拶の言葉になったが、いつ頃から夏の熱のほてりが冷めたのか、下旬になると肌寒くて長袖が欲しくなる。朝夕は、上にもう一枚薄物が欲しくなる。雨が降り続けると理由もなしに不安になった。十月、大阪で開かれるレコード会社の地区大会に出る為、レコード会社が指定した何曲かの課題曲の中からまず母が、

「これええやんか」

と畠山みどりの『さてそれからと言うものは』を選び、春美も得心して、家でも歌謡教室で

も練習し、歌は皆が誉めてくれるし自信もあったが、来る日も来る日も雨が降り続けると、自分が違う人間になってしまうようでいたたまれなくなる。寺の境内の梅の木も桜の木も青々としたままだったし、歌謡教室から見える柳の木も夏の暑い盛りと何の違いもなかったが、一挙に激変が起こる気がして春美は母に、

「お母ちゃん、はよ結果分かったらええなァ」

と言ってみる。

十月に入って晴れた。九月の長雨で京都の空は塵ひとつないほど磨きたてられたように光り、母はもうそれが地区大会優勝の徴《しるし》だというように、

「一仕事終わったら花買うて来て、空をようこんなに綺麗にしてくれはりました、と御地蔵様に参ろかァ」

と言う。その時、外を花売りが通りかかった。春美が母の顔を見ると、母も符丁のよさに驚き、まるで裏の御地蔵様が催促して花屋を呼んだと思ったように機械の前から立ちあがり、あわてて、

「あの大原女《おはらめ》さん呼んで」

と春美に言う。あわてて下駄をつっかけ、

「花いり用やおへんかァ」

と声を掛けながら小路を行く花売りを呼びとめ、振りむいた花売りの顔を見ながら、

「お母ちゃんがお花頂こうと言うてる」

と、蚊の鳴くような声でつぶやく。

「へえ、おおきに」

花売りは笑を浮かべ、頭にかざした花籠を両手で胸に抱えおろし、

「何の花がよろしおすやろ？」

と訊く。何の花を買うと母に訊いていなかったと家に戻りかかると、戸口から出て来た母が、

「何がええやろか」

とつぶやく。百日草、矢車草、小菊、寺や地蔵の多い京都で人の好む花はだいたい決まっている。

「何がええのやろ」

母は春美の肩に手を掛け、無言で御地蔵様に礼を言い、コンクールの優勝を祈るのだから春美が花を決めろと言うように間を置き、

「綺麗な青い花びらやなァ」

と春美がつぶやくと、

「その矢車草もらいまひょ」

と一も二もなく賛成する。長雨で洗い浄められているとは言え、礼を述べ願をかけるのだから、と春美は一人、御地蔵様の周りを掃除し、水を替え、矢車草を生け、線香をたいた。御地

蔵様の前にしゃがみ、手を合わせ目を瞑り祈りかかり、ふと父にもらった銀のかんざしを思い出し、御地蔵様の裏に手をのばし確かめた。冷たい小さな生き物のように銀のかんざしは指先に当たり、引き寄せようとして、仕事に切りをつけた母が勝手口から顔を出す。春美はあわてて御地蔵様の裏から手を引いた。

「おおきに」

母は言い、何よりも御地蔵様に礼を言い、すぐに差し迫ったコンクールの優勝を祈願する事が先だというように春美の脇にしゃがみ、祈る。

大阪での地区大会の日、朝起きた春美は母に眠って見た夢の話をした。夢はそっくり現実のようだが違った。小路を花売りが通り、子供らが後を追いかけている。何だろうと春美が家の外へ出ると、花売りは振り返り子供らにはキャラメルについた景品の当たる点数券を配っているが、

「あんたはこれ」

とレコードに入っているコンクールの応募券をくれる。

「その券、御地蔵様に持っていって御守札にしよと、うちがつぶやいとるの」

「御地蔵様の御守ねぇ」

母はつぶやき、

「そうや、こうしたらええ」

と立って、奥の部屋から金糸銀糸で織った錦の端切れを取り出し、さいほう箱を出して挾《はさみ》を取り出し裁断し、赤い糸でぬって小さな御守袋状の袋をつくる。

「何入れるの?」

「あんたがいつも御参りしてる御地蔵様の物」

「何?」

「何でもええ。灰でも石のかけらでも、ろうそくの燃えかすでも。それがあったら、あんた一番や。お母ちゃん、もう仕度するよって、あんた自分で入れておいで」

母はぽんと春美の手に錦織の小さな袋を渡し、決心したように日の射す往来を見て、立ちあがった。春美は母に促されたように、裏に廻り、立ったまま手をあわせ、御地蔵様の台の裏に手をのばし、銀のかんざしを指で引き寄せて手でつかみ取り出す。小さな錦織の袋に銀のかんざしは入らない。何を入れようかとあれこれ思案していると、学校から妹たちが戻って来たらしく声がする。清乃が、

「お姉ちゃんは?」

と母に訊く声がし、御守にするものを錦織の袋に入れているのを人に見られれば御利益が半減すると思い、あわてて春美は袋の中に筒に飾った矢車草の花を、

「おおきに」

と声を出して二つ折って入れ、家に戻ろうとして、ふと、それでは花が折られて痛がるよう

な気がして、花の為に線香を燃やして出来た灰を入れる。

母と連れ立って会場の控室に入ると、コンクールに出場する出演者の中に何人も同じ歌謡教室の生徒がいた。生徒らは春美の顔を見ると駆け寄り、

「何番？」

と訊く。春美は母を振り返り、

「十番」

と答える。雑誌の広告にもレコード会社の広告にもコンクールから今をときめく歌手が優勝し、デビューしたとあった。『この世の花』の島倉千代子、『銀座九丁目は水の上』の神戸《かんべ》一郎、『東京のバスガール』のコロムビア・ローズ。その歌手たちがコンクールで何番目に歌ったのか、春美は知りたい気がし、島倉千代子と同じ番号、コロムビア・ローズと同じ番号なら他の出場者より優位に立てる気がしたが、控室に入り次々とレコード会社の職員から胸に識別だけの為に飾る番号の書いたプレートを与えられ、発声練習する者、歌の一節を歌ってみる者、じっと瞑想している者らでごった返す今では、何を言っても始まらない。

開演三十分前になり、職員が、

「つきそいの人は外へ出てくれますかァ」

と言った。春美は出場寸前まで母が自分のそばに付いていてくれるものと思っていたので驚き、胸が締めつけられ、

「しっかりして」

とそっけなく出て行きかかる母に、

「お母ちゃん、髪、おかしい事ない？」

と訊く。母は春美の心の甘えを見抜いたように、春美のポニーテールにした髪をひと撫ぜして、

「今朝も髪編んでやりながらお母ちゃん、ヤキモチ焼いたんえ」

と髪が父ゆずりだというようにポンとひとつ叩き、

「編まんのやったら、畠山みどりのように、羽織袴にするんやったなァ」

と冗談を言い、ここまで来て甘えた気持ちを持っている春美を見たくないというようにそっけなく、

「さあ、聴かせてもらいまひょ」

と独りごちながら出て行く。

開演の時が来た。舞台の方から響く拍手が控室に波をうって届き、春美は目を閉じ、『さてそれからと言うものは』の歌詞を諳《そら》んじてみる。十五歳の春美に難しい恋の歌だと言えばそうだが、喉を締め、声をぶつけ、浪曲のように唸り、軽快に音を鼻で弾く母に教わった歌い方をしてみれば、歌にとじこめられていた想いが春美の声に乗って外に顕《あらわ》になりはじめる。九番目の出場者が歌い終えるのを舞台のそでで待ち、歌い終わってから司会者が、舞台の正面の審査員席に番号と名前と歌の題を識別させる為だけの短い紹介の合間に舞台に出た。拍手が響き、

礼をし、伴奏が始まる。春美は審査員が自分を見つめているのを知り、伴奏の音と共に自分が、そっけなく控室を出ていった母が言ったように、

「聴かせてもらいまひょ」

という人に歌をうたい、聴いてもらいたいのだと思い、

〽さてそれからと言うものは　ねては夢おきてはうつつまぼろしの
と声を出す。歌い終わり、お辞儀をし、春美は舞台中に響く拍手を受けながら登場した時とは反対側の舞台そでに歩いていく。舞台のそでから、歌い終えた者の為の控室にもどると、母はすぐ現われた。顔を出すなり、

「よかった、春美、一番や」

と言い、皆が母を見るので恥ずかしくなり、

「まだこれから歌う人おるのに」

と、春美が言うと、母は首を振った。

「聴きくらべたら分かる。あんただけ、違うんや」

五十人ほどのコンクール出場者が歌い終わり、さらに審査員の審査に費やす時間があり、その間中、春美は母の歌の批評を聴いていた。小節が廻っていない、何言ってるか分からない。母の批評を聴いていると、春美も自分の優勝を疑いのない事だと思いはじめる。

審査の発表があるので母と別れて舞台に立ち、司会者が優勝者の名前を読み上げるのを聴い

て春美は一瞬、銀のかんざしのバチが当たったと思った。次に続いて、司会者が、今回の特別の事として、審査員特別推薦として優勝者の他にもう一人を全国大会に出場させると前置きして春美の名前を読み上げ、御守にした錦織の袋に入れて来た灰のおかげで御地蔵様が自分を救ってくれたと思った。母は春美に会うなり、

「よかったなァ、二番でもまだチャンスあるから」

と慰め、出場者に粗品を配っているレコード会社の職員を見つめ、

「なんや。歌、分かってはるのかいなァ」と独りごちる。

審査員特別推薦で、晩秋に東京で開かれる全国大会に出る事が出来る。大阪の地区大会でレコード会社のディレクターも雑誌の編集長と名乗った人も、審査員特別推薦とは、地区大会の優勝者と互角で、どちらが一番、二番という事はない、と春美を励ましたが、出場したコンクール応募者の歌のひとつひとつをじっくり聴いて春美の歌と比べたという母は、京都へ帰る電車の中でも、

「一番、二番、ないんやったら、春美も優勝にしたらええやないの」

とあからさまに不平を言い続けた。母の言葉は自分の不平や不満だけでなく、歌手になると決心して六つの頃から歌を母に付いて習い、歌謡教室に通い、十五歳の秋の今、春美の気持ち

を察しての事だ、とも分かった。電車の窓にもう一人の春美がもう一人の母と肩並べて坐って写っていた。

「どこへ行くの？」

春美は声に出さず、独りごちた。暗い窓の外を暗い不安な気持ちのまま見つめていると母は思ったのか、春美の髪に手をやり、

「心配しんかてええから」

と言い、東京の全国大会には名曲名作を実際につくっている先生たちがズラリ勢揃いしている、とガリ板刷りの紙を開く。

紙には全国大会に出場する地区大会の優勝者らが集まり宿泊する旅館の地図、当日の行動予定、審査に当たる作曲家や作詞家の名前が書かれている。

「万城《まんじよう》目正《めただし》、古賀政男、船村徹、西条八十」

と審査員の名前を読みあげる。

「偉い人ばっかしや。流行歌この人らがつくってる」

母はそうつぶやいて声に出し指で一行ずつおさえ、

「ああ、この遠藤実という先生、こまどり姉妹の『浅草姉妹』や『ソーラン渡り鳥』をつくった人やな」

と独りごち、最後から二番目に指をとめ、

「市川昭介」

と声を出し、春美を見る。

「この先生、知ってるか？」

春美は首を振る。

「あんまり分からへん」

春美が窓に写ったもう一人の春美に気を取られながら答えると、

「そらそうや。この人、まだ若い先生や。知ってるか、『恋は神代の昔から』と言うの？」

「ずうっとお母ちゃんになろたやないの。畠山みどりの歌」

「そうや。その歌、つくらはった先生や」

母の声が明るくなる。

「お母ちゃん、畠山みどりも好きやけど、あの歌が好きなんや。あの歌、歌うたら優勝間違いないけど、コンクールの課題曲に入ってェへん。この先生、よう分かってるで」

母は春美を見つめ、市川昭介という作曲家のつくった『恋は神代の昔から』を一節歌い、小節を廻し、

「ここがええのや」

と言い、又一節歌い、

「よう浪花節、分かってはります」

と思い詰めたような声で言う。春美に歌への想いを言い続けなければ審査員特別推薦で全国大会に出場出来る資格は獲得したといえ、優勝出来なかった春美が、歌い続ける情熱を失くすというように話し続け、歌ってみて、ふと想いが昂じすぎたように、

「浪花節や。それが日本一や」

と言う。

「ニッポンイチ」

春美は母の言い方を真似てみる。ニホンイチと発音すれば平べったくなり、静かで取り澄ました感じがするが、〝ニッポンイチ〟と発音すると鎧兜《よろいかぶと》被って敵味方になって戦ったり、馬で目も眩《くら》むような石段を駆け上ったり、餅食いねェ鮨食いねェと見も知らない他人に大盤振舞いするお人好しの人間らが見えてくる。

その日から春美はニッポンイチの一人になると思い続けた。レコード会社のコンクールの全国大会で優勝するのもニッポンイチの一つだが、それだけで充分ではない。島倉千代子のように、コロムビア・ローズのように、レコードを出し、人に歌ってもらい、聴いてもらう歌を歌う。不安ではなかった。春美ら中学の卒業生の五分の三が高校へ行き、五分の一が他所へ就職、西陣の織物業に従事している家の女の子はほとんど高校へも行かず他所へも行かず、家で仕事を手伝ったのだった。丁度その時機は福井や島根から集団就職して来た春美と同い年の女の子らが、三軒隣の撚糸《ねんし》に一人、五軒先に一人、と住込みで働きに来るので、西陣の女の子らは他

所へやられず親元に居られるだけで幸せだと言いあった。東京の全国大会に出場すると聞いた西陣の機織りのおばさんらは、優勝すれば本当の歌手としてデビューすると頭で分かっていても、歌の上手な盆踊りに活躍する機織りのキクさんやナミさんと呼ばれるおばさんが、喉自慢の全国大会に出るという程度にしか分からず、春美が家で母と共に機械の前に立ち、母と共に織物を問屋に納めに行くと、女工の一人として働きはじめたと思い、西陣織を教えてやると言い出す。

「へえ、おおきに」

母はそつなく言うが、苛立っているのは傍目にも分かる。春美を歌手に育てる為にそばに置いている。西陣で女工になり、機の音を終日耳にし、糸屑を吸い込みながら暮らすのは自分一人で充分だ。母の声が何を語らなくとも春美には言っている事が伝わる。

全国大会の日の十日前、外から戻るなり母は、

「買うて来たえ」

と切符を見せたのだった。京都から東京までの夜行寝台車。春美は失望した。

「新幹線と違うの?」

春美が言うと、母は春美の前に切符を四枚、トランプのように扇型に広げ、

「乗ってみたかったのに」

と言うのにまだ分からないのかと、中から二枚、乗車券と寝台券を、

「あんたの分や、見てみ」

と掌を広げさせトランプゲームを始めるというように置く。

「一等やで。ええか？　二等と違う、一等やで」

「一等って、新幹線出来るのと違うの？」

「なに言うてはるの。まだ出来てしまへん。うちは駅まで行って訊いたんやから」

母は腹が立ったというようにふくれっ面をし、

「なにィ？」

と春美が怒る理由を訊くと笑い出す。

「これからニッポンイチになりに行く人がたとえ出来とっても新幹線などに乗れますかいな。ピューと走って何が面白いの。歌と一緒や。浜松も清水も停まるで」

母は悪戯っぽく言い笑い、

「ゲンをかついでも、シンカンセンというの鐘の音が足らんようで響き悪い。こっちは一等や。シンカンセンに一等あるんやったら買うけど。駅員はんにうちも新幹線あるもんと思て、一等はないんどすか？　と訊いた。グリーンというのが、まァ一等と同じ意味どすなァと、レコード会社の人みたいな事言わはる。あかん。かなわん。これはまた審査員特別推薦や。コンクールある限り、うちは春美をそんなものに乗せしませんえ。そやから、お母ちゃん、張り込んで、一等寝台車買うた」

春美は母に乗る時まで預っていてくれと切符を二枚、トランプゲームをし続けるように、広げた母の掌に乗せた。

その日から十日、もうすでに東京行きの夜行寝台の一等に乗っているような気持ちで過ぎた。母はこまごまとした事まで気を遣い、清乃らに母と春美の二人が家をあけるのだから、と予行演習のように家事の一切をさせ、父が銭湯に行くと言っても、

「お父ちゃんの替えの下着、タンスの二番目、哲生のは三番目」

と指図だけして手を出さなかった。春美は、父の顔を見ていた。父は何一つ文句を言わず嫌な顔一つせず、妹らが用意した替えの下着を持って哲生を連れて銭湯に行き、帰って来て、妹らが用意した御飯を食べる。御飯をよそうのは母がするが、妹らのつくった味が濃かったり薄かったりするおかずを黙々と食べる父を見て、春美は母が思い入れの限りを尽くし春美が歌う歌が魔物だと思い、歌なぞ歌いたくないと駄々をこねたくなる。

全国大会の二日前、夜行寝台の一等に乗り、春美は母に連れられて朝東京に着いた。寝台車の中でよく眠ったのに、降り立った東京駅の、工場の中にまぎれ込んだと錯覚するような雑音を耳にすると、寝不足のせいで、幻聴に包まれている気がする。西陣の小路にも機械の音はいつも幻聴のように響いたが、春美と母を包む雑音はあきらかに違う。母に連れられて電車に乗り換え、バスに乗り、集合場所に指定してあった本郷の旅館に着き、宿の女中に案内されて、そこが全国から集まる地区大会の優勝者の宿泊する部屋だという大広間に入るなり、

「修学旅行に来たみたい」

と春美は声をあげた。

「そう。東京に修学旅行に来る学校はほとんどここですよ」

宿の女中は正解をよく出したというようにうなずき、

「寝る時は蒲団、自分で敷いて下さい」

と言う。縦に長い大広間の壁、床の間に沿って蒲団が折り畳んで並べられている。すでに何人か到着している者がいるらしく、ボストンバッグが蒲団の上に置かれてある。

「どこでもええんどすか?」

母は女中に訊いた。

「どこでもいいですよ」

女中は風呂場は下、洗面所、便所はつき当り、と説明し、

「夕食は六時、朝食は七時、下の大食堂」

と言い、

「御案内しましょうか?」

と訊く。母は大広間に気圧されたように、

「へぇ、おおきに」

と上の空で言い、

「今から寝る蒲団取っといてもよろしおすの?」

と別の事を訊く。

「学校用ですからたっぷり蒲団ありますよ。多めに敷いてますから」

「はあ」

と母は別の事を考えているというようにうなずき、

「おおきに。よろしうお願いします」

と女中にお辞儀をして床の間の方へボストンバッグを持って歩いていく。黒い床柱の蒲団にボストンバッグを置き、

「春美、ここ」

と振り返る。春美は母が何を考えているのか分かった。

「そこ?」

楽譜の入った手提げ入れを持って母の方へ歩く。母の隣の蒲団にこの蒲団を分取ったというように手提げを置き、床の間を見ると、掛け軸に花を開いた青いみやこわすれが描かれてある。

「あんた、ここ。お母ちゃん、そっち」

母は床柱を背にした蒲団に寝るのは春美だと楽譜入れとボストンバッグを蒲団の上に乗せ換える。

「一等やで」

母は小声で言った。

「お母ちゃん、見せよか？」

春美は見つめる母の目を見ながら言い、楽譜入れの中に手を差し入れ、銀のかんざしを取り出した。楽譜入れの中には御守袋があり、中に御地蔵様の灰と掛け軸に描かれたみやこわすれと同じ色の矢車草の花が入っている。女中が二人をじっと昏い眼をして見ていた。


レコード会社と雑誌社の共催のコンクールの全国大会は朝の十一時過ぎから始まった。日比谷の公会堂と言っても、日比谷公園と言っても春美にはピンと来ない。母も春美も歌に歌われた九段や二重橋がどんなのか見てみたかったが、昨日一日、物の怪《もののけ》につかれたように体に張りがなく、ただ旅館のある本郷のあたりをぶらぶらし、お茶を飲み、昼に蕎麦を食べ、清乃や哲生、それに嫌な顔ひとつせず春美らを送り出してくれた父の為に、土産を見て廻ったのだった。

全国大会の日比谷公会堂は地区大会と違って、コンクールの当日、朝から出場者と付き添いは別々に切り離された。母は控室に入ってもこれなかった。控室に入るなり、全国から集まった五十五人の地区大会の優勝者は、レコード会社の職員から名前を呼ばれ、出演順の番号札を渡される。春美は五番目、コンクールが開始されるやすぐに歌わなくてはならない。

五十五人の出身地がまちまちなら、言葉少なに一言一言話す訛《なまり》も年齢もまちまちだった。皆、一様に思い思いの舞台衣裳をしているが、中に何人か黒い高校の制服を来た男の子がいる。六番、春美のすぐ後に歌う黒い学生服姿の男の子があきらかに東北地方出身と分かる訛のついた標準語で、

「何を歌うのですか？」

と訊いて来た。

「さてそれからと言うものは」

と訛のおかしさをこらえながら答えると、

「ハァ、偶然だァ」

と驚く。春美は思わず声に出して笑い、

「どうして？」

と訊いた。六番の学生服の男の子は、同じドーナツ盤のA面に入っている『波止場』という曲を沢山ある課題曲の中から選んだと言った。ドーナツ盤の裏表が地区大会を勝ち抜いて来て、全国大会で続けてレコードのように歌われる。男の子はA面とB面の曲を歌うというだけで、春美が他の出場者とは違う特別な人間だというように、

「弁当食べた？」

と訊く。まだだと首を振ると、

「力がなくて、声出ねえど」

と言い、春美が弁当を食べるとも言わないのに、湯呑みに薬罐《やかん》から茶を汲み持ってくる。そんなにお腹がすいているわけではなかった。しかし忠告してくれ、お茶まで汲んで来てもらうと、弁当を食べないと悪い気がする。宿が配った弁当を広げ、食べ始めると、

「その煮豆、うまいだろ！」とか、

「東京は違うな。カマボコまで綺麗に切ってあっからよ」

といちいちほめ、腹がくちくなり、春美の箸の動きが遅くなると、

「ほら、もっと食べれ。力出ねェど」

と春美がコンクールの出場者ではなく、野良仕事の為に東京に来ているような物言いをする。

笑い転げたい衝動をこらえながら、

「もう食べられない」

と蓋をしかかると、もったいないと言い、

「じゃあ、俺が食ってやるから」

と春美の食べ残しの弁当を取って、春美の使った箸を使って食べはじめた。恥ずかしさと同時に、あっという間にたいらげるという食べっぷりを見ていると楽しくなる。母が見ていると、食べ残しを人が食べるがままにさせた春美を叱るだろうし、カズぼんが見ていると、学生服の男の子を怒り、自分がした事もない事をしたと殴ってやると息巻く。春美に兄がいたら、このくらいの齢だ、と春美は思い、口いっぱい飯をほおばった男の子の顔を見る。男の子は喉がつ

まる。しゃっくりをする。春美の飲みかけのお茶まで取ろうとするので、

「駄目」

と言い、あわてて立って男の子の為に大きな薬罐から茶を汲む。

弁当を食べたせいか、気が落ちついたし、自分のすぐ後に気心のしれた兄のような男の子が順番を待っていると分かっていたので、舞台の袖にいた時から春美は上がらなかった。四番の女の子が歌っている舞台の向うに審査員の先生達がいる。先生達は母のような、歌を聴かせてもらおうという人の為に歌をつくっている。歌を聴けば機を織り続ける苦痛も忘れる。子供を何人も生み育てた苦労も、女遊びする父への想いも癒される。歌を聴きたい人に歌を歌う。四番の女の子が歌い終り、

「五番、北村春美さん」

と呼ばれて、春美は拍手の中を出て行った。豊かで柔らかい髪を三つ編みにし、ブラウスもスカートも履いているサンダルさえ高価なものでなく、西陣の行きつけの洋品屋や靴屋で買ったものだった。だがスカートのポケットに銀のかんざしが入って重たげに足に当るし、胸のレースでふち取りした飾りのようなポケットの中は、矢車草の花と御地蔵様の灰が入っている。

春美は御辞儀をし、舞台の真前にずらりと並んだ先生達が自分を注視するのを見ながら、拍手を聴き、伴奏が始まるのを聴き、リズムを体で取った。リズムを取りながら出を待っていると、自分が光り出してくる気がする。

〽さてそれからと言うものは
声を出すと光は声そのものにのり移る。審査員の先生達が、光の束のような声に引かれて体が前にせり出した気がし、続いてもっとそばで聴いて欲しいと、
〽寝ては夢起きてはうつつ幻の
と幾分抑えぎみに唸りを入れると、先生達は春美の声の光に感応したように目が光る。
作曲家の市川昭介先生を春美はさがした。市川先生はすぐ分かった。左から二番目に坐った先生が、誰よりも若かったし、春美が、
〽水に映りしあのネオン
と引いて歌い、次に、
〽ついてついてついてまた消す恋ならば
と、はっきり浪花節から影響を受けたとわかる軽快な弾むような歌い方をすると、目がきらきらと輝き出し、名前を名乗らずとも、羽織袴をはいた畠山みどりのデビュー曲を書いたのは自分だと、目の輝きが物を言う。春美の歌っている歌は恋の歌だった。だが今は違った。人に人が恋する歌ではなく、歌に恋する歌だった。
〽さてそれからと言うものは　あい見ての　のちの心にくらぶれば　昔はものも言えなんだ
泣いて泣いて泣いてあの日が帰るなら　夜毎明かそう　この涙
分かってもらいたかった。母の言うように最初から万人に聴いてもらおうとするのでなく、

聴く人、一人の耳に添い遂げるなら、浪花節のように小節を廻せ、喉を締め、丹田《たんでん》に息を溜めて声を出し唸れと母に教えられ、歌謡教室で習った歌を、浪花節を分かる市川先生に聴いてもらいたかった。三番の歌詞に入ると、市川先生ははっきりと頭を上下してリズムを取っている。三番を歌い終り伴奏の終りを待って御辞儀をし、控室に戻り、次に呼び出された男の子の名前に耳をそば立てた。「イワオ」とだけ聴きとれたがその奇妙な響きが東北地方に多い苗字なのか、名前なのか分からない。歌いはじめた歌を聴いていて、イワオが、ラジオでよく耳にする岩石のイワオだと気づき、おかしくなった。

長い三時間だった。審査員の厳正な審査を雑音で邪魔してはいけないと、控室から会場に入る事を出場者は禁止されていた。会場にいる母の元へすぐにでも行きたいが行けない。付き添いの人はたとえ歌い終ったといえ、一切出場者のそばへ近づけない。イワオと呼ばれた男の子は、春美のそばに来て、最初は歌い終った昂揚で剥き出しのまま、NHKの喉自慢に出て優勝して人に勧められたとか、自分の好きな歌は三橋美智也だとか、高校の女友達に言うように話しかけて来たが、春美が六つの頃から歌をやっていると言うと、急に意気消沈しはじめる。高校へ行っているけど、この先行くかどうかわからないと言うと、なお口数少なくなり、

「ダメだァ、おりゃ」

とつぶやく。村からたった一人高校へ進学したが、本当は高校なぞ面白くない。中学を出て、金の卵と呼ばれて東京へ出て来た遊び仲間の方がよほど楽しそうだと言う。イワオと呼ばれた

男の子はクスリと笑い、不意に春美の耳元に口をつけ、

「誰にも言うでねェゾ」

とささやく。

「両親にも親戚にも全国大会の事、言ってねェ。家出。家出。友達の新宿のキャバレーのボーイやってんのが、キャバレーでやってる歌手より、おめえの方がよっぽど歌うまい。金どっさり取れるって手紙来た。落ちたら、そのままキャバレー」

「キャバレーって？」

「面白ぇって。綺麗でキラキラして。土建屋なんか景気がいいから、チップどっさりくれるって。小林旭の映画みたいだって」

春美はキャバレーが一体どんなところか呑み込めなかったが、キャバレーの世界を想像して目を輝かす男の子を見、父が男の子になって話しているとも、弟の哲生が急に大きくなって話しているとも思い、東京に春美たち一家が住んでいたなら、父は毎日通いつめているのだろうと思うのだった。

午後三時を廻って、審査の結果を発表するから出場者は出場順に舞台に並べとレコード会社の職員が言った。控室で順番をつくり、一番からまるで羊の群のようにゾロゾロと舞台に上り並んだ。何もする事はなかった。ただ結果を待つ事しかなかった。胸が締めつけられ、足元がふらふらする気がして、春美が胸ポケットの御守袋に手をやり、脇の六番が春美に言うとも自

分に向かって言うともなしに、

「獲れればいいんだが」

とつぶやくのを耳にした途端、審査の公表にあたって前置きを述べていた先生が、自分の名を呼んだ気がした。心臓が音を立てて鳴った。しかし確かではなかった。あたりから拍手が響いたので、春美は胸を締めつけられたまま周囲を見わたした。隣のイワオと呼ばれた男の子が泣き出しそうな顔で笑を浮かべ、

「よかった、ほら、前へ出れ」

と拍手しながら肘で脇をつつく。

「北村春美さん」

今度ははっきりと名前を聞き取れた。先生が振り返り満面に笑をたたえ、春美を見る。春美は脇をまた突つかれ、一歩前に出る。一歩前に出た途端、後で男の子が、

「よかったなァ」

と声をあげるのが聞こえた。春美はその声に押し出されるようにさらに前に出、自分が全国大会の優勝者になったのを初めて確信し、心の中で、

「お母ちゃん、先生たち、春美の歌聴いてくれはった」

とつぶやき、会場の中にいる母にむかって笑を浮かべる。

なにもかもが上の空のまま、あっという間に過ぎた。去年の全国大会の優勝者から夢にまで見た王冠を被せられたのも、審査員の先生の講評で、春美の歌が新鮮だと激賞された事も上の空だった。すぐ司会者が、全国大会の終りを宣言して、会場に響き渡る拍手と共に、春美と優勝を競いあった出場者らが舞台からひきあげ、優勝の王冠を被り、手に賞状とトロフィーを抱えて春美が、準優勝のトロフィーを抱えた二人の出場者と残り、笑を顔中にたたえた司会者に、

「さあ、先生方の控室の方へ行きましょ」

と誘われ、春美は初めて、母と一緒に歌い続けて来た歌が先生方に認めてもらったのだと知った。司会者の後を従《つ》いて控室に向い、母が廊下のつき当りに立っているのが見えた。控室の前はレコード会社の社員らが忙しく立ち働いていたし、報道の腕章を腕に巻いた記者やカメラマンらがいたが、そこを避けて母はほの昏い廊下のつき当りに立って春美を待っていたのだったが、父と争って気が立っている時するように夏の着物の帯に手をかけ、遠目には、とうのたった芸者が半玉を見すえているように見える。母は春美が自分を見つめているのを知って、二人は芸者の先輩、後輩ではない、母と子だと無言で言うように歩いてくる。

「お母ちゃん、ニッポンイチや」

春美は頭にまだ被ったままの王冠がずれるのを気にしながら、母の方に駆けよる。春美が抱

きつくより早く、母は春美の体を抱きかかえ、

「よかったなァ。春美がニッポンイチや」

と顔をこすりつける。


四ヵ月経って一人で上京し、渋谷の坂の中ほどの道を入ったところにあるレコード会社の寮に入り、レコード会社の専属の若い先生のレッスンを受けはじめて、春美は日比谷公会堂で母が言った一言一言を思い出し嚙みしめてみるのだった。レコード会社の社員の一人一人に母は春美をよろしく頼むと頭を下げ、さらにこの先生の歌は間違いないと言外に言うように、レコード会社の社員が先生を紹介すると、好きな歌を作った先生なら、

「古賀政男先生」

と名前を入れて、

「よろしくお頼みします」

と頭を下げる。歌はためだと母は言った。

「なにもかも最初から言うてしまうんやなしに、ためて、ためて、言うた方が効きますえ」

母は言い、全国大会で優勝した春美の歌を自分ならこう歌うと歌ってみせた。春美は母の声を思い出した。母と離れて暮らすのは初めてだった。レッスンから戻り、同じようにレコード会社の新人として名古屋から上京した同い年の女の子と相部屋だから、交替で掃除し、食事ま

での間、京都の家族にむかって手紙を書き、その都度、母の言葉を思い出したのだった。春美の手紙は書く事が決まっていた。母に当てた手紙はレッスンの内容や、遠藤実先生に会社が依頼したデビュー曲の進行具合といった歌の事ばかり、父あてには、寮からレコード会社まで春美が東京という右も左も分からない土地に来て知ったところを書いた。物を読むなぞという事に目もくれない父だったから読み易いように平仮名ばかりを使い、絵を入れた。自分の寝泊りしている寮がどんなところにあるのか絵を描いて、東京が京都の西陣とまるで違うのに、いまさらながら気づいた。駅から坂を上がり、中ほどで左に曲がると、西陣と同じように小路になって幾つも網の目のように道が分かれるが、目印になるようなお地蔵さんがない。西陣なら角々にお地蔵さんがあり、近くに幾つもある寺の法会《ほうえ》や講話の報《しら》せの紙が貼ってあるが、東京は駅前に貼ってあるような政治のステッカーが小路の奥の電柱にまで貼られ、父が来たら、どこをどう歩けばよいのかと戸惑う事は確実だった。きょうだいの一人ひとりにも手紙を書いたが、返事が来たのは清乃一人だった。清乃はえんえんとカズぼんの悪業の数々を書き、教室中のスリッパをかき集めて外に放り出したのも、給食のナベに雑巾を放り込んだのもすべて春美が東京へ行ってしまったせいだ、と結んであった。思わず、

「あほんだら」

と声に出すと、同室の新人歌手が、春美を見る。

「アホな事、妹が書いてるから」

春美は東京弁を使い、舌がもつれると思い、急におかしくなり吹き出す。

「うち、ちゃんと手紙書いてるんえ。一人で東京にいると心配するやろと思て、妹には、東京でも雪降りました、雪、やっぱり白いとか、人形のきれいなの、買うて送ったろかと思いましたけど、デビューしてからの事やと思てやめました、とか、わざと明るい手紙書いてる。そしたら、これや。妹のは、明るすぎてパアやなァ」

「分かんないんだから」

新人歌手は言い、春美が手紙の一節を読み聞かせると、

「カズぼんていう人、ボーイフレンド？」

と訊く。春美は虚を突かれ、一瞬言葉を失い、同い年の新人歌手を見つめる。一つ年下のカズぼんをそんな目で見た事はなかった。春美が言葉を失ったのを見て新人歌手は誤解したようだった。春美一人、異性に疎い気がして、あわてて清乃の手紙を読み返しはじめると、新人歌手は、

「手紙たくさんもらったけど、わたしは書いてないのよ。書けないのよ」

と打ちあけるように言う。

「私、中一の時からずっと交際してたの。それが急に秋にデビューしたでしょ」

「交際してた人いるの？」

「そう」

新人歌手は想いがこみあがったようにうなずき、自分の机の脇に置いてあったボストンバッグから、定期入れを取り出し、

「ほらこの人」

と裏返して写真を見せる。白い夏服に学生帽を被った、どこにでもいる男の子が笑っていた。

「春美さんが手紙を書いているのを見る度に、うらやましいのよ」

「わたし、父や母に書いてる」

春美はつぶやくように言う。

「手紙が書けるのがうらやましいのよ」

そう言う新人歌手の顔を春美は見つめた。すぐ寮のおばさんが食事だと知らせに来て、食堂に行き、春美は同室の新人歌手の脇に坐り、ボーイフレンドに手紙を書けないと言った新人歌手が、

「いただきます」

と小声でつぶやいただけですぐおかずに箸をのばすのを見て、自分の気持ちがくじかれる気がして、ふと立ちあがる。立つ理由はなかった。ただ坐っていたくなかった。春美は台所の方に歩き、台所の中にいるおばさんに、

「お昼、食べ過ぎたから、夕飯休んでいい？」

と妙な東京弁で訊いた。

「またなにかお菓子食べ過ぎたんでしょ？」

おばさんは言い、十五、六の女の子の事だからそんな事もあるだろうというように、

「ああ、いいよ。もう少し遅くったって、おみそ汁熱くしてやるよ」

と言う。

「おおきに」

春美は京都弁で言い、御飯を食べている同室の新人歌手に、

「手紙出してくる」

と断る。何の深い理由もなかった。ただ外の空気を吸いたかった。新人歌手は突然箸を置き、

「春美さん、私も行く」

と言い立ちあがる。

郵便ポストは坂の通りに出る角にあった。暗い外は寒く、ジャケットを羽織っても、寒さに震えあがった。寮の玄関を出た途端、新人歌手が、

「ほら」

と切手を貼りあて名を書いた綺麗な桃色の封筒を見せて笑った。

「ボーイフレンドに出すの？」

春美が訊くと、

「そう。今日決心した」

とうなずき、封をしていない封筒を開き、中から便箋を取り出し、折り畳んだのを開いてみる。字も絵も書いてなかった。

「東京へ来た時からずっとこうしてもってるの。手紙来たらやっぱり書きたいでしょ。何で手紙を書かないんだって怒ってきたら、やっぱり書きたい。書きたい事いっぱい。歌手になるんだからってがまんしてたの。デビューしたでしょ。嬉しい。この嬉しさ、分かって欲しい。ジュンって名前だけど、ジュンに喜んでもらいたい。手紙書きたい。電話で声、聞きたい。会いたい」

新人歌手はそう言い、こらえかねたように顔を手でおおい身を震わせる。春美は涙を流した。

「ヒットだすまでってがまんしたの。ずっと手紙書かなかった」

「今日書くの？」

春美は訊いた。新人歌手は春美の顔を見、夜の寒さで氷の粒のようにつめたい涙の目をのぞき込むように見て、

「書くわよ。デビューしたぐらいで一人前じゃないもの。ヒットして一人前の歌手になるんだもの」

と言う。春美が不思議な事を言うと見つめると、新人歌手はジャケットのポケットから桃色の万年筆を取り出し、キャップをはずし、

「ちょっと待ってね」

と夜の昏がりを見廻す。曲り角に裸電球一つの外燈があるのを見て新人歌手は小走りにかけ、

しゃがんで物を書き、すぐ戻ってくる。

「ほら」

と新人歌手は便箋を見せた。小さな字で、

「さようなら、美子」

とある。春美が母と清乃あての手紙を投函するより先に、新人歌手は週刊誌の懸賞に応募するような気軽さで、ボーイフレンド宛の手紙を投函した。

作詞が西沢爽、作曲が遠藤実のコンビの『困るのことヨ』がデビュー曲に決った時、春美はすぐ母に手紙を書いた。折り返し母から返事が来た。母はいい歌だとまず、ほめて、もうすぐ春美がデビューするというのに京都にいるしかない身をわび、春美が書きつづった同室の新人歌手の決断をプロの流行歌手として当然の事をしたまでだ、と言い、新人歌手に負けないよう歌の勉強にはげめ、と結んでいた。確かにそうだと思ったが、春美には割り切れない気持ちが残った。レコーディングの前に『困るのことヨ』の曲の練習を遠藤実先生の家で続けてレッスンを受け、二月に入ってすぐにレコーディングをし、デビューしてすぐに、会社の方針でそうなったと、市川昭介先生のレッスンを受けるようになった。市川先生に挨拶を済ませ、会社の玄関を出ようとすると、同室の新人歌手が春美を待ち受けていたように、

「来ちゃったのよ」

と小声で言い、外を指差す。

「訳を言えって言うの。訳を言わなきゃ、寮まで従いていくというの」

「ボーイフレンドが来たの？」

春美が訊くと、新人歌手はあきれたように、

「シンカンセンで来たって言うんだから」

と言い、ボーイフレンドに一緒に会って芸能界や流行歌の世界の説明をして欲しいと言う。

春美は外に、春美の歌にひとつも関心を示さない自分の父が立っているような気がしてうなずいた。


春美は動悸がおさまらなかった。同室の新人歌手のボーイフレンドだと分かっているのに、春美をたずねて京都から、自分の親《ちか》しい人がやって来て立っている気がした。それは決して母ではなかった。母は春美のデビューを喜んでくれた。母がくれた手紙の行間から微かに、曲をつくったのが、浪曲調の歌をうたう畠山みどりの曲を書いた市川昭介先生でなかった意外さと不満を感じ取れたが、春美のよこす手紙によく東京は厭だ、京都に戻りたいと書いているのをたしなめ、先生方の言いつけをよくきき、頑張って勉強しろとあって、東京に来る気配はなかった。京都から東京へ来るなら、デビューした今、春美がぼんやりと感じている不満を察知して、歌から強引にひきはがそうとする人間だった。

新人歌手と一緒に、レコード会社の玄関の外に出て、春美は白いワイシャツ姿の坊主頭の少年を見て、一瞬、落選したならキャバレーで歌手になると言ったイワオという名の少年だと思った。東北訛で、

「いかったなァ」

と春美に掛けた言葉を思いだし眼を凝らしてみて坊主頭以外に似ているところがなにもないのに気づき、動悸が消え、

「この人？」

と新人歌手に訊いた。

「この人」

新人歌手はオウム返しに答えた。少年は春美の顔を眩しげに見て、

「都はるみさん？」

と訊く。春美がうなずき、レコード会社の社員に教えられたとおり、レコード店や放送局を廻る時のように、

「都はるみです」

と頭を下げ、

「よろしくお願いします」

と言葉を続けようとして、不似合いだと気づいて言葉を呑み込む。新人歌手はボーイフレン

ドをどう扱おうか、戸惑っているようだった。新人歌手が、さようなら、と書いただけの手紙を送ったのを目撃した時、春美も涙を流したが、違うと思った。今も、何かが違う気がしている。

レコード会社の前から公園の方に歩き出し、二人が並んで歩けるように、ほんの一歩、気づかれないよう遅れて歩きながら、自分がもし、ボーイフレンドと一緒なら、同室の友だちに一緒に居てくれと言わない、と思うのだった。公園の入口に来て、町が日暮れかかっているのに気づいた。風景は西陣の小路とまるで違った。機の音はどこにもなかった。日暮れ時、小路に響き籠る機の音を耳にするたびに、天に帰ってしまうもう一人の優しい母が歌ってくれていると錯覚するような、優しく、心地よい響きはどこにもなかった。すぐそばで話をする二人の言葉さえ、車の音、鉄と鉄とがこすれて立つような音に邪魔され聞こえない。胸が昂ぶり、春美は立ちどまった。

「あのナァ」

春美は、前を歩く二人に掛けた言葉が京都弁だったのに戸惑った。二人が、今急に春美がそこに来たことに気づいたように振り返る。春美は新人歌手とそのボーイフレンドに、春美が考える歌の意味を言いたかったのだった。子供の頃から母に教わり母と一緒にさがし、今、歌手になってはっきり自分のものにして差し出してみようとする歌を二人に言いたかった。

「うち、市川昭介先生に会わなあかんのやァ」

春美は自分の言葉に耳を疑った。

「市川昭介先生、うち、好きなんやァ。あの先生しかない。あの先生とこへ会いにいかなあかんのやァ」

春美はコンクールの全国大会の審査員席に坐った、目のきらきら光る少年のようだった市川昭介先生を想い浮かべた。

「市川先生て、あの先生？」

新人歌手は訊き返し、春美が昂ぶったまま新人歌手を見つめ、そうだ、とうなずくと、

「春美ちゃん、先生を想ってるの？」

とつぶやく。春美は母を想い出し、母が広沢虎造の浪曲をうなり、その節廻しが好きだから広沢虎造が好きなのだ、と言ったのを思い出し、市川昭介先生が好きなのだ、と独りごち、

「想うてる」

と新人歌手に挑戦するように言う。

「これから、市川昭介先生とこへ行くよって、ここで堪忍して」

春美は、昂ぶりすぎて声が出ず、涙があふれそうな気がして唇を嚙んだ。同室の新人歌手の、歌と恋との二つに裂かれる気持ちを、同じ年格好の少女として充分すぎるほど分かった。本心を言えば、はっきりボーイフレンドだと言える男の人を持っている新人歌手をうらやましかった。

「堪忍してな」

春美はもう一度言った。春美は、すっかり日暮れた公園の入口に立った二人を見つめ、会釈

をして、道を明るい通りの方へ引き返した。

航空会社の明るいネオンサインの下に来て、春美は手帳を開き、あらかじめ調べてあった住所と電話番号を確かめた。住所は春美の寮からさして遠くないところと知れたが、東京に上京して時間のたっていない春美は不安のまま、タクシーに乗った。タクシーの運転手に、手帳をそのまま見せ、東京の地理が皆目分からないから連れてって欲しいと頼み込んだ。運転手は何をどう勘違いしたのか、ひとしきり、故郷で親の手伝いしているのがよい、と説教し、春美が家出して来た女の子ではないと分かると、中卒で金の卵だとおだてられて東京で働く少女だというように、東京オリンピックが何もかも古いものをぶち壊し、ついでに人情までぶち壊したので人はギスギスしてしまった、とぼやき、その東京で働くものに同情すると言い出す。

タクシーを降りて呼吸を整え、市川昭介とある家の玄関を開けた。

「ごめん下さい」

と声を掛け、しばらく待つと、奥から男の人が顔を出す。春美はその男の人がレコード会社のディレクターだとすぐ分かり、頭を下げ、

「市川先生」

と言いかかると、ディレクターは玄関に立った少女が、自分の会社の全国大会の優勝者の春美だとやっと分かったのか、

「あれ」

と驚きの声を出し、

「市川先生、都はるみ」

と奥に声を掛け、春美に、

「上れ、上れ」

と促す。春美が立ち往生していると、市川昭介先生が満面に笑をたたえ、とうの昔に春美が自分の方からやむにやまれずやって来る、と予感していたように、

「来たのォー」

と歌うように声を出す。春美は瞬間に、断わりもなしに夜、家をたずねるぶしつけな春美のきまり悪さをなだめようとする市川昭介先生の気持ちを感じ、自分が好きな人一途に暗い夜道を歩いて来た歌の女のような気がして、

「先生、都はるみです」

と深々と頭を下げた。頭を下げた途端、涙が吹き出た。

「さあ、上って下さい。中に入って」

市川昭介先生はおどけるように言った。先生自身が春美の今のような立ち場に何度も立った事がある。声はそう言っていた。春美はただ泣きじゃくった。

その日から市川昭介先生の家に春美は通いはじめたのだった。市川先生の家の書斎でピアノを前にして声を出し、春美が知っている歌を、春美が気のいくままに歌う。歌い終って、ふと

市川先生が不安げな顔になる。

「春美ちゃん、唸ってるの、畠山みどりの真似してるつもりですか？」

春美は市川先生が不安げな顔をすると、日が急にかげったように不安になる。唸っているのは母に教わったのだった。母は浪花節の一等良い部分を流行歌に取り入れて歌うとこうなるとほめた。

「ええなァ、ええとこばっかしや」

市川先生が不安げな顔をすると、春美も母も、ひとりよがりをしていた気になる。

「唸らないと気持ち悪いんです」

春美は不安のままつぶやくように言った。

「そうなの」

市川先生は空に日が一気に射すように明るい顔で、春美をあやすように言う。

「じゃあ、どんどんやろう。どんどんやっちゃおうよ」

「いいんですかァ」

春美は先生の笑顔のまぶしさにとまどって訊く。

「いいさ。どんどん唸って、オリンピックだって、新幹線だって吹っとばしちゃうさ。何、負けるものか。どんどんやれ。吹っとばしちまえ」

市川先生はまるで広沢虎造が浪曲一曲の中であらゆる人間の声音を使い分けるように、最後は、春美の歌は山を吹きとばす発破くらいの力があると土方人夫の荒くれが言っている口調になる。春美はそれが楽しくて日がこぼれるように笑った。

市川先生がレッスンを途中で打ち切って、東京の郊外の星野哲郎先生の自宅に行くから、従いて来い、と言ったのは、それからすぐだった。春美は市川先生の後を従いて書斎に上がった。奥さんがお茶を運んでくるのも待ち切れないように、書斎そなえつけの小さなオルガンの前に坐り、

「春美ちゃん、歌おうか」

と言い、書斎にこもった昔の曲の音や詞の怨霊を払うように、二度、三度オルガンの全てのキイを鳴らし、春美を見てくもり一つない笑いをつくる。笑顔もきらきら光る目も、春美に、まったく新しい本当の歌をつくる為、一等信用する詞の専門家の度肝を抜く必要があるから、思いっきり山を発破で飛ばすように唸って歌えと言っている。

市川昭介先生が『アンコ悲しや』の前奏部分を弾き始めた時、奥さんがお茶を持ってきた。シェパードが奥さんに従いて書斎に入って来て、椅子に腰かけた星野哲郎先生の足元に腹這になった。奥さんがテーブルに音を立てないように注意深く茶の入った湯呑みを三つ置き、星野先生の脇に坐った。歌の始まる直前に星野先生は目を閉じた。市川先生が春美の顔を見た。春美は

書斎にいる人や動物の動作の一つ一つが春美の歌に繋がっているように感じ、ごく自然に声を出し、歌いたいように歌った。唸り、声を張り上げると椅子のひじかけにかけていた星野先生の指が拍手をするようにリズムを取る。眼を閉じた星野先生のこめかみがぴくぴくと痙攣《けいれん》する。歌い続ける春美を市川先生がきらきら光る目で見ていた。歌い終えた途端、腹這になっていたシェパードが春美の歌をせがむように声を立てた。

日頃、最後の音まで丁寧に歌ってこそ歌だと言っている市川先生が、まだ伴奏を弾いているのに、奥さんが、

「あらー」

と声を立てる。あわてて小声で奥さんは市川先生と春美に歌の邪魔をしたというように、

「ごめんなさい」

と詫び、シェパードの方に身を乗り出し、

「どうしたのォ」

と声を掛け、伴奏の最後の音を弾き終え、オルガンのペダルから足を離した市川先生に、

「この仔おもらししちゃってるの。こんな事ないのにィ」

と言う。星野先生は目を閉じたままだった。春美は目を閉じたままの星野先生にとまどい、市川先生を見ると、何の説明もしてくれないまま、

「春美ちゃん、帰ろうか?」と言う。

「奥さん、有り難うね。哲つぁま、有り難う」

市川先生は立ちあがる。シェパードに気を取られていた奥さんは、突然帰るという言葉に戸惑い、

「お茶ぐらい、飲んでってよ」

と言う。

「彼女の為にピンクのジェリーだって入れて来たんだし」

「いいの、いいの」

市川先生は手を振り、春美に、新しい本当の歌をつくる為にはお菓子の一つや二つがまんするのはなんでもない、と言うように春美をひたと直視し、真剣なその目とは裏腹の優しい声で、

「さあ、帰ろうね」

と促す。春美は書斎を出る時、

「有り難うございました」

と京都訛の言葉でお礼を言い、頭を下げた。自分の言葉の訛に気づく度に歌への想いがこみあがる。春美は心の中でもう一度、星野先生と奥さんに、

「有り難うございました」

と礼を言い、言ってみて、その礼の言葉が書斎の中に籠った詞の霊にも言ったのだと気づいた。

星野先生の家からしばらく歩き、武蔵野の面影が残った雑木林に待ってもらっていたタクシ

ーに乗り、走り出してすぐに、

「お腹すいた？」

と市川先生が訊く。

「少しだけ」

春美が答えると、

「何を食べたい」

と訊く。一瞬、考え、京都で一家でよく食べに行ったお好み焼きの楽しさを思い出し、

「お好み焼き」

と答える。

「ああ、そうかァ。春美ちゃんは元気のいいときは、お好み焼きを食べたくなるのか」

「京都に沢山あります」

春美はそう答えて、言葉がまた訛ったな、と思い、市川先生を見ると、市川先生は少年のような眼で遠くを見、決心したように春美を振り返り、

「歌の御褒美《ほうび》は今度にしよう。おいしいところ、知ってるから」

と言い、春美が不満げだと思ったのか、

「春美ちゃん、僕の勘は正しいよ。絶対、電話、かかってくる」

と言って、笑い出す。

「哲つぁまと仕事よくやってるから分かるんだ。見た？　最初は腕がぶるぶると震える。次にこめかみがぴくぴくとなる。哲つぁま、自分で自分のくせ、気づいてなかったんだ。おッ来たな、とこっちは百発百中。哲つぁま、来たろ、いいだろ？　と訊くと、どうして分かるんだ、と訊くんだ。それでくせを教えてやったら、昭ちゃん、俺ら、風の又三郎かい？　と訊く。昭ちゃんの話聞いていたら、ブル、ブル、ピク、ピク、どっど、どどう、甘いりんごも吹きとばせってやってる感じがするって」

春美は市川先生の話しぶりが楽しかった。市川先生は〽甘いりんごも吹きとばせ、酸っぱいかりんも吹きとばせ、と節をつけて歌いはじめる。春美は即興の歌を市川先生の歌ったとおり抑揚をつけ、小節を廻して歌った。春美の歌を聴いて、

「あっ、その吹きとばせのとこ、せええと優しい柔らかい風みたいに上に上げようか。ふわァ、と空に舞い上がっちゃう。リンゴの花もリンゴの実も、風に乗って天にいっちゃう」

と言い、〽吹きとばせ、と自分で歌ってみる。目に見えない消しゴムでかき消されて、目に見えない鉛筆で書き直されたような曲を市川先生について歌いながら、春美は市川昭介先生の胸の中に無数の曲が詰まり、詞の無数の解釈が入っていると思い、その先生に従いて歌を習う自分をこの上ない幸せな人間だと思うのだった。

次の日、市川先生の家に行くと、

「出来たよ、出来たんだよ」

と楽譜をピアノの上から取り、

「はい、これが都はるみの歌」

と楽譜を受け取れと言う。

「出来たんですか。これが都はるみの歌ですか」

春美は市川先生の言葉を鸚鵡《おうむ》返しするように言い、楽譜を両手で賞状を受け取るように持ち、みみずが這ったような独得の市川先生手書きの文字を読む。字は極端に読みづらかった。一度、市川先生の文字が読みづらいと言って、書かれた文字に不平を言うものではないと叱られた。小言から、春美が何故、レコード会社のディレクターからも市川先生本人からも将来の大器だと認められているかという話になった。春美はなんでもない歌詞を歌ってもこの上なく綺麗な日本語の発音をする。子音一つに母音一つくっつくという原則で出来上っている言葉を、子音も母音も鮮明に発音するので春美の歌の歌詞は鮮明に聞こえる。歌は言葉の連鎖で出来ているのであって、鼻歌でも呻きでも吠え声でもない。言葉は一つ一つに魂が宿り、一つ一つの言葉の魂をつなぎ、声に出してやるのが歌だ。春美は楽譜のタイトルを心の中で間違わないように読んで見て、次に声に出して読んでみる。

「そう。アンコ椿は恋の花。いいねェ。哲つぁま、ガンバったよ」

市川先生はピアノでメロディーを弾く。一番のメロディーだけを最初から最後まで弾き終えてから、

「僕の勘のとおり」

と言う。

「昨夜、春美ちゃんを寮まで送って家へ戻ったら、電話がリンリン鳴ってるの。ほら、来た、って飛んで受話器取ると、タクシーで帰ったんじゃなくて人力車で帰ったのか、と怒る。遅いって。もう歌、出来たって。これから電話で読みあげるから鉛筆と紙持って来て、よく耳の穴、掃除して間違えないように聴いて書き留めろって言う。春美ちゃんにかすりの着物着せたいって。めんこいから。かわいいから。詞、書き留めながら、哲つぁま、いいよ、とヤジ飛ばすと、本気で怒るんだよな。去年の暮のマージャンの話まで持ち出して怒る。こっちは詞を全部聴きたいから、はい、はい、さようでござんす、勝ったまま席立って悪うござんした、と言いなりさ。聴き終って、てやんでぇとケツまくってやろうと思ったけど、書き留め終ったらすぐ曲つくりたくって、ガッチャン。受話器切ったのさ。それで徹夜」

市川先生はレッスンに来る春美を待ち続けていたのだ、と言った。市川先生はまず詞を読め、と言った。春美は目を凝らし、みみずの這った跡のような市川先生の書いた文字を追った。全部読み切らないうちに、しびれを切らしたようにピアノを弾きはじめ、歌いはじめる。春美は一音も聴き逃す事のないよう耳をそば立てた。

〽三日遅れの便りを乗せて
船がゆくゆく波浮《はぶ》港

いくら好きでもあなたは遠い
波の彼方へ行ったきり
アンコ便りは　アンコ便りは　アアンアアンア　片便り

春美は市川昭介先生の歌を聴き、体が震えた。市川先生は三番まで歌い、春美を見つめる。初めて自分が書いた歌に、本物の声がついてむくむくと歌として立ち現われるのを視《み》るのだ、と言うように、

「歌ってみようね」

と言い、ピアノを弾く。楽譜を読めない春美は、市川先生が一小節歌うと、その後に従いて、市川先生の歌ったとおり歌う。

詞に書かれてあるのは、便りが三日も遅れて運ばれる東京のそばの大島だった。春美はその椿の群生する美しい大島で生れ育った娘だった。椿、八重ではなく一重の、それだけ一途な美しさの際立つ椿。春美はそれが花だったのに気づき、御守袋の中に御地蔵様の灰と共に入れてある花、全国大会の前日に見た絵に描かれた花を思い出し、何もかもが縁起よいと思い、

〽アンコ椿は　アンコ椿は

というくだりで、力いっぱい唸った。一途なものが好きだった。どっちつかずは嫌いだった。何もかも母を見て、覚えた。歌うと、波のたゆとう音が立つ気がした。大島の娘は自分の一途な気持ちこそどんな困難をも乗り越える力になると信じ、明るく生きていた。

レコードは発売されるとたちまち底をつきレコード店から苦情が殺到するほどの売れ行きになり、何社もの映画会社から映画化の申し込みが来た。春美はたちまち公演やテレビ出演のスケジュールで身動き出来ないほどになり、レコード会社の忠告もあって京都の母を呼んだ。母は上京する機会を待ち受けていたように二つ返事で来てくれた。映画化の話が決まり、市川昭介先生に連れられて大島行きの連絡船の出る竹芝桟橋に行き、春美は勘のよい市川先生に、無言で自分が今、或る無名の歌手に恋をしているのだと告白する為、一台置かれているジュークボックスの前に立ったのだった。春美は待ち時間をポップスばかりかけて、歌真似をしてすごした。それだけだった。市川先生は首を傾《かし》げた。

愛と哀しみ

大島は美しい島だった。波浮港が一望出来る茶屋の前から波立つ青い海と空を見ていると、青い色が体の中に滲《にじ》み込んで来そうで、春美は怖い気がした。それでも春美は海と空の境目を見つづけた。境目から何かがふうっと立ち現れる気がする。春美はそれが今の流行歌手の都はるみだと思い、我に返る。頭に椿の花のついた手拭いを巻き、かすりの着物を着た大島の娘役の春美が、相手役の俳優に、自分の恋心の徴に赤い一重の椿を贈り、何も言わないまま小走りに駆けて下の方へ行くというシーンの撮影だった。

映画の大半は撮影所の中で撮っていたが、大島の美しい自然、煙がたなびく三原山の実景がどうしてもいるので、スケジュールを調整して春美はここにいる。春美が手を一つ動かすたびに、助監督やカメラマンの指示に応えるたびに、映画撮影の見物に集まった大島の人から、

「かわいい」

とか、

「こっちを向いて」

と声が飛んだ。春美の手に口紅より赤い椿の花があった。赤い椿を学生に贈るのは都はるみの演技だったが、一重の椿の花を手でくるくると廻し、ただひとえに、自分の恋を重ねてやるせない気になっているのは春美だった。赤い花を指先でくるくる廻し、匂いをかいでみ、ほんのかすかに白粉《おしろい》のような香気があると気づき顔を上げると、見物の中からおばさんが春美と同じような椿の花を一輪持ってカメラの横からやって来て、

「これも持って」

と手渡そうとする。春美が受け取りかかると、助監督が、

「二つも持ってどうするんだよ」

とおばさんを制し、春美が受け取った花をよこせと言う。助監督は花を春美の手から取り、無造作に茶店の下の方へ放り、

「さあ、本番行くよ」

と両手を広げ、春美と俳優に念を押し、見物の人らに合図する。カメラのそばに椅子を置いて坐った監督がうなずく。カチンコが鳴って春美は小走りぎみに歩く。

学生は島の娘の恋心を知っている。あまりに淡すぎる島の娘の初恋だから、学生に渡すのはこれしかない。花を差し出し、島の娘はただ、

「これ」

と言葉少なに言って、

「有り難う。綺麗だね」

と言う学生の言葉に胸がつまり、小走りに駆ける。監督のカットの合図があり、ＯＫが出た。春美はふっと息を吐き、今、島の娘から都はるみでもない春美本人に戻ったように、見物の人の方へ歩く。春美の気持ちを見抜いたように子供らがサインをねだって取り囲んだが、サインをするよりも何よりも助監督の乱暴さを詫びるべきだと思い、おばさんをさがす。見物の人の中にまぎれておばさんは分からない。それで春美は、

「うちの花、あげてしもうたから。欲しいなァ」

と声を出す。

「ほんまに綺麗やもん」

春美がそう言うと、見物の人の中から、

「はるみちゃん」

と声が掛かり、まだ蕾《つぼみ》の椿の花が差し出される。一瞬、恋人にあげるのだから映画のようなまっ赤な花がよいと思うが、

「有り難う」

と陽気に声を出し、受け取った。

ロケの合い間を使ってせっかく来たんだからと、大島の方々を廻った。市川昭介先生に自分

が恋をしている無名の歌手の事を打ち明けたかったが、どこへ行っても人が取り囲み、サインをせがみ、声を掛けるので、春美は恋なぞ縁遠いような明るい元気な娘の役を演じ続けなくてはいけない気がし、あきらめた。それでも市川先生は春美の変化に気づいているのか、

「監督の先生、ほめていたよォ」

と言い、春美が、それは都はるみで自分の事ではないと真顔になると、

「がん張ってるよねェ」

と笑顔をつくる。

「春美ちゃん、家の中の撮影の時、ほら蒲団で寝ているシーンあったでしょ。もう船の出る頃かもしれないって起き出すシーン。あの時、待たされてた時、春美ちゃん、蒲団すっぽり被って歌をずっと歌ってたって。何の歌だろうって聴き耳を立てると、『トンコ節』だって。ぼくに、真底、明るい子だって言うの。映画でデビューしたって一流になる子だって」

「がんばってますゥ」

春美は京都訛をわざと使ってふざけた。ふざけ続け、明るく振る舞い続けなければ、山いっぱい咲いた椿の花が息苦しい。

大島の映画のロケから戻り、すぐ地方公演のスケジュールが入っていた。前座歌手が二人ついたが春美が恋をしている無名歌手は入っていなかった。特急の一等に乗り、発車の時刻を待ちながら、レコード会社の社員や前座歌手と話をしても気がはれず、春美はぼんやりとプラッ

トホームを見つめていた。京都から東京に来た母は、春美が無名歌手と恋仲なのをすぐ見破り、

「やめとき。あんな気色悪い歌うたう歌手」

と言い放った。春美は歌と恋愛しているのではない、歌を歌う香山しげる、という男の人と恋愛しているのだ、と言い、母に何故好きなのか理由のありったけを言った。

「お兄ちゃんみたいやて？」

母は訊き返し、笑った。

「あんたにお兄ちゃんなんかいたら、うちの家めちゃくちゃになってしもうてるえ。お父ちゃん、自分でそう言うてはった。春美が生まれて、清乃がおって、男は哲生ひとりやから、女の為に働こうと思うけれど、男の子がもっといたら遊びまくるやろなァ」

春美は地方公演に行ったおりに前座歌手の香山しげるが、

「喉、乾いてないか？」

と訊いてくれた時の事を話した。喉が乾いていた。いや、喉は乾いていなかった。喉、乾いてないか？　と訊いてくれ、同じ年頃の高校生ならボーイフレンドに、

「乾いてる。何か買って来てくれる？」

と答えるような気安さが欲しかった。

春美は一つか二つしか年の違わない香山しげるの気安さに魅かれた。もうすでに発車を知らせるベルの音がホームに鳴り響いているのに、

「じゃあ、行って来っか」

とすばしっこさ、足の速さを自慢するように声を出し、自分でゲームを作って楽しむように、

「よーい、ドン」

と言い、走り出す。ホームを突っ走って売店に走り、アイスクリームを一個買い、ベルが鳴り終る寸前に戻ってくる。

「やった、やった」

香山しげるはゲームに勝った事を誇るように春美の前に一個買ったアイスクリームを食べろと差し出す。

「うち一人？」

春美が一個しかないアイスクリームを独占出来ないととまどうと、香山しげるは弱味を突かれたというように、

「いくら足速くても二個分買う時間ないと思ったから、一個だけ」

と言い、

「先に食べて、ちょっとだけ残してくれればいい」

と言う。そのくったくのない爽やかな物言いに釣られてアイスクリームを半分食べてしまってから、春美はスプーンが一つしかないのに気づいた。春美がスプーンを何でぬぐおうかと迷うと、

「いいって」

とスプーンを取り上げ、一口すくって食べてから、

「間接キッス」

と笑う。春美は全国大会の時に一緒だったイワオと言う男の子を思い出し、同じ事が起ったと驚き、本当にいきなりキスをされた気になり赤面した。母にその香山しげるの魅力は分からない。母は歌が気に入らない、名前が気に入らないと言い、あげくは歌を鼻先で歌うような人間は、世の中を鼻先であしらって生きていけると思っている者だ、と言い、そんな者を都はるみが何故好きにならなければならないのか、と詰め寄った。都はるみの歌は鼻先の歌ではない。昔から日本人の心の表現をした浪花節の、耳にすれば喉が鳴るような部分が流行歌に取り入れられたのだ、と言い、

「あんた、そんなんとつきおうたらバチ当るえ。市川昭介先生にどう言うねん、星野先生にどう言うねん」

となじる。母がレコード会社に告げ口したのだろうか、と春美は不安になった。

一週間の地方公演に香山しげるの名は前座歌手の中になかった。春美はホームを見続け、もう一人いる自分が母の言う都はるみで、春美は春美なのだと独りごち、恋の苦しさに胸ふさがれ、涙を流す。しかし、涙は流れない。春美は走り始めた汽車の窓硝子にぼんやり映った自分を見て、恋に涙を流すならもう一人の春美を見失う。涙を流さず一途に、一重に思い続けるの

が、春美とはるみの二人抱えた自分だと思う。市川昭介先生が、

「約束していたお好み焼きを食べに行こうよ」

と誘ってくれ、春美はその口振りから、母が香山しげるの事を市川先生に相談した、と分かった。

春美は先生がすべてを知った事に不安だった。


お好み焼き屋は、新橋のガード下にあった。市川先生は先に立って暖簾《のれん》をくぐり、まだ時間が早いので準備に忙しい内儀を驚かすのが楽しいというように、

「今晩はッ」

と少年のような明るい声を出した。まだ店を開けていないのだと言いかかり、内儀は客が市川先生だと知って
「あらァ」

と驚き、笑を浮かべ、

「昭ちゃん」

となつかしくてたまらないという声を出す。

「何年ぶりなのォ。売れっ子だから、もう来ないのかと思っちゃったわよ」

「違いますよ、僕らが売れっ子であるはずがない。売れっ子なのは歌手。内儀さん、この子」

市川先生はウナギの寝所のように狭い店の中で体をずらし、後ろに立った春美を教える。

「あらッ」

と内儀は言い、春美を見つめ、

「みやこ、はるみ、さん？」

と市川先生に訊く。

「そう、都はるみ」

市川先生がうなずき、春美が、

「今晩は」

と挨拶するとまた口ぐせなのか、

「あらッ、どうしよう。どうしよう」

と前掛けを取りかかる。市川先生が、

「光ちゃん、何やってんの」

と内儀のあわてようをからかうと、

「もう、昭ちゃんたら人が悪いんだから。何年ぶりかにひょっこり来て、今人気一番の歌手、連れてくるんだもの」

と言って、前掛けをはずし、くるくるとまるめて手に持って、

「今晩は」

とお辞儀する。

何となくおもしろかった。内儀のあわてようも、律儀さも市川先生好みなのに気づき、春美はもうすっかり市川先生のつくる流行歌の世界にひたっている気になる。ただつい立てで仕切っただけの座敷に上がった。

「ここは、おいしいんだよォ」

と市川先生は言い、久し振りだからあれも食べたい、これも食べたいと、四人前分も注文した。市川先生は内儀に、

「哲つぁま、来る?」

と訊いた。

「たまーに来るけど」

市川先生は春美にも聞き覚えのある人の名前をあげ、昔のように店に来てオダを上げているか、と訊いた。

「このごろ、顔見ないねェ」

「そうなの」

市川先生は悲しげに言った。春美が顔をあげ、市川先生を見ると、

「ほら、新しいレコード会社に移ちゃった作曲や作詞の先生たち」

と言い、真顔で、このお好み焼き屋でよく歌の話をしたのだと言った。市川先生もそのレコ

ード会社に誘われた。考え続けたのだった。市川先生は笑顔になる。

「だけど行けないよねェ。春美ちゃんが出て来たんだもの。都はるみが出て来たんだもの。作曲というの、やっと分かって来た気がするの。春美ちゃんと同じ一年生だよ。音楽学校出てないでしょ。だけど音楽好き。最初は、アロハオエってやってた。ハワイアンのつぎ、クラシック。何でも好きだよ」

内儀が運んで来た具を、

「有り難う」

と受け取って、市川先生は二人分、春美によこした。市川先生は具をかきまぜながら、

「民謡も浪曲も、新内も好きだね」

と言う。

「それが都はるみで出来る気がする。何でもそうだよね。素材は大切だけど、うまいな、いいなって残るところは味つけだよね。〽アンコ便りは　アンコ便りは、じゃないよね。〽アンコ〜、って音符に書けないような音のところに、うまさとか味があるじゃない。その味なんだよね。絶対、手抜かない。手を抜いて歌うと何もかもなくなっちゃう」

焼き上がったお好み焼きを一口食べ、

「おいしい」

と思わず言った。

「おいしいだろう。ここの内儀さん、手抜かないで作ってくれたんだぞ」

市川先生は言う。

「春美ちゃんのお母さんだって、手抜かないで料理作ってくれるだろ」

春美はお母さんという言葉に胸が鳴った。ヘラでお好み焼きを切りかかった手から急に力が抜けていく気がした。

「お母さんは、たとえば吸い物つくるのに、カツ節を削ってダシ取るよね。体にいいし、味もよくなるから、ワカメもいれる。香りがいいから三つ葉も入れる。ほら出来上がって来た。それだけじゃ、娘ざかりのベッピンが保てないって、お母さんはツミレをつくって入れる。一つの料理なのに、お母さんは春美ちゃんの事、全部を考えてる。歌もそうですよ」

「市川先生もそうですか?」

春美は訊いた。市川先生の眼が厳しく光った。

「そうだよ。だってお母さんの事分かってるから、約束したお好み焼き食べに来るんでも、お母さん、夕御飯つくって待ってたら悪いと思って、ちょっと春美ちゃん借りますよ、って電話したもの」

春美は市川先生が歌にたとえて、香山しげるとの交際を叱っているのだと思った。

胸がつかえ、お好み焼きが食べられない。春美はそれでも二切、口に入れた。

「食べないの?」

市川先生が訊いた。

「お腹いっぱいになっちゃった」

春美は言った。

「そうなの」

市川先生はうなずき、次に悪戯っぽく笑い、

「歌だって、初めがあって真中があって最後があるでしょ。初めと真中だけで歌と言う？」

と春美の顔をのぞき見る。

「尻切れトンボ」

春美は市川先生に釣られ笑った。

「ねェ、何だってそうじゃないかな。最後の一つ無い事で、いままでの苦しい事も努力も無駄だったと泡になっちゃうの、いっぱいあるよ」

「はい」

春美は返事をした。心の底からそうだと思った。歌も恋も一緒だった。最後まで歌い、恋し抜いてみて、歌になり恋になる。春美は決心して残ったお好み焼きを食べた。食べ終わり、限度以上に食べてしまったと苦しげに息をつく春美に、市川先生は、

「後でお母さんに電話掛けて、お好み焼き二人前食べたから、お茶漬けすらも入んないって言っといてやる」

と言う。市川先生は香山しげるの話を一切、持ち出さなかった。それが市川先生の思いやりだ、と分かっていても、香山しげるが同じレコード会社の専属歌手としているのに、一切名前を口にしない市川先生に会い、新曲のレッスンを受けていると、恋そのものを母からも市川先生からも禁じられているようで苦しく、その分だけ香山しげるの屈託のない爽やかさに魅かれ、恋しさが募る。どこにも行き場がなかった。『アンコ椿は恋の花』の大ヒットで春美は都はるみとして知れわたり、どこへ行っても顔を見られ振り返られ、たて込んだスケジュールの合い間をさがして逢う場所さえなかった。

新宿の元赤線地帯に出来たゲイバーを待ち合わせ場所に選んだのは窮余の策だった。元赤線地帯だったから何軒も下はスタンドバー、上は娼婦らが客を取る部屋、上に行くには壁につくった戸から、忍者もどきに潜っていくしかないという仕掛けの店が残り、それが、今の人目を忍ぶ恋をする春美の気持ちそのもののような気がしたし、男が男を好きになるゲイバーの男らの弱い者らしか持っていない優しさ、明るさが春美を安心させた。当代きっての人気スターと無名歌手の恋は、春美の周囲以外、気づくものはなかったから一層、ゲイバーのマスターや客の中で、お夏清十郎やお軽勘平のような恋物語のように言われた。当の春美は自分の事だと言われると笑い出すしかないが、もし人の恋なら同情し、涙を流す類のものだった。マスターのユミちゃんは、

「ほら、葦刈《あしかり》、という話があるでしょ。あれみたい」

と言った。恋仲が別れ別れになり、女の方は身分の高い人の奥方になり、男の方はいぜんとして葦を刈っている。春美は不安だった。その葦刈の女のように『アンコ椿は恋の花』はヒットし続け、レコードの売り上げが百万枚を越え、大劇場からワンマンショーをやってみないか、と声が掛かるほどになっているが、香山しげるはレコードすら出せない状態になっている。だが、香山しげるは屈託がなかった。

春美が車を降り、どしゃ降りの雨の中を濡れネズミになってバーの中に駆け込み、

「映画のシーンみたいに思っちゃった」

と言うと、香山しげるは気性の激しい女だというように見て春美を抱え、ジャケットをかけ、

「俺も映画やってこよう」

と外に飛び出す。ズブ濡れになって戻って来て、春美の脇に坐る。春美が笑うと香山しげるも笑う。

「ヘンな二人ねェ」

マスターが言う。

「雨に二人でズブ濡れになってるのが楽しいの？　風邪引くのも二人で引こうと思うの？　春美ちゃんが熱、四十度あったら、自分も四十度、あった方がいいの？　春美ちゃん死んだらしげるも死ぬの？」

「そうだよ。死ぬよ」

香山しげるはニコニコしながら言う。

「いいわねェ。純愛ねェ」

マスターは言い、重ねている濡れた手が、燃え上がるように熱くなるのを見ている春美に、

「もうすぐワンマンショーでしょ、風邪引いたらどうするの？」

と訊く。

「俺も風邪引く」

香山しげるが言うと、マスターは冗談ではないのだというように、

「お黙りッ」

と軽口をたしなめ、春美を見つめる。春美は一瞬、うろたえる。


ワンマンショーの当日、レコード会社の社員が差し向けてくれた黒塗りのハイヤーに母と共に乗り込み、ハイヤーが動きはじめて母は春美を見、それから視線を外に移して、

「ええお日和りどすなァ」

と言った。

「はんなりして暑うものうて、寒うものうて。お母ちゃん、こんな日来るのん、信じてたえ。春美が大劇場の檜《ひのき》舞台に立つ。お客さん、春美の歌、聴きに来てくれはる。お母ちゃん、誇ら

しい。あの歌うとてるの、うちの娘や、とお客さん一人一人に言うて、どうか心ゆくまで歌聴いてやって下さい、と挨拶したいくらいや」

「厭や。お母ちゃん、しかねんから」

春美は笑う。自分の弾んだ笑い声を耳にして、ワンマンショーの初日だから興奮しているな、と思う。ワンマンショーを引き受けた時は分からなかったが、歌う曲目が決まり、構成が決まり、練習し出し、十日ほど前になってやっと大劇場でワンマンショーを打つ事が流行歌手にとって大きな意味を持つ事に気づいた。それが、一週間、五日前、三日前、と日にちが近づく度にスタッフも春美の廻りの人間も言葉遣いも顔つきも違い、物が憑いたようにワンマンショーの事しか言わなくなる。廻りがワンマンショーの事しか言わないから息が詰まり、それで香山しげるの爽やかな笑顔に会いたくて、人にかくれて電話し、夜、元赤線地帯にある、いきつけのバーで会った。

春美がバーに入っていくと、マスターのユミちゃんは香山しげるを叱っている最中だった。理由を訊くと、

「あんたの事よ」

と突っけんどんに言う。

「非常識だって言ってるの。ここをデートの場所にしてくれるの有り難いけど、あと二日でしょ」

「三日」

香山しげるは小声で訂正する。

「あら。三日?」

ユミちゃんは春美に訊く。春美がうなずくと、

「今日が五日でしょ。七日が初日でしょ。だから、六、七」

と指を折り、ふと日にちのくい違いが何によるのか分かったというように、

「もう夜の十一時よ。後一時間しかないのに、今日なんか勘定に入れないでよ」

と苛立つ。

「僕ら一時間でも貴重だから」

「そう。純愛だから、そうね。純愛なんて犬も喰わないって。犬も喰わない純愛だからって、ワンマンショーの二日前に夜遊び、火遊びをしていいのかっての」

「息苦しくって」

春美は言葉少なに訴えるように言った。

「みんな大劇場のワンマンショーって狐ついたみたいに言うもん」

春美が言うと、春美に味方し、同情してくれると思っていたユミちゃんが、

「フン」

と鼻で吹き、

「何言ってるのよ。あんたら歌手って狐つきじゃない」

と言い出す。ユミちゃんは驚く春美をケムに巻くというように品をつくる。

「もちろん、あたしらも、おコンコン様の一種だけどさァ。ヒゲが残ってたり、シッポ、ほら、分かるでしょ、アレ、ぶらんぶらんさせてるのに、自分では上手に化けたつもり。だから狂ってしまうの。大劇場のワンマンショーって、狐御殿とか狸御殿で大看板になるようなものでしょ。誰でもあそこで春美ちゃんのようにやりたいわよ。歌うたいたい、歌手になりたいと思ってる人、何人いると思う。春美ちゃんたち地方公演するでしょ。レコード歌手はレコードだけ出してればいいって思うかもしれないけど、本当は、町から町へ行って歌うのが歌手。レコードは後から出て来たの。歌手って相撲取りと似てる」

「裸じゃないよ」

香山しげるが言う。春美が笑うと、ユミちゃんも釣られて笑い、

「スケベ」

と香山しげるをからかう。春美は顔を赧らめ、目を壁に貼った自分のポスターに移した。ポスターの春美と今の春美は数ヵ月しか違っていなかったが、はっきりと違っているものがある。

春美は香山しげるの腕に手をかけた。

「しげるの年頃はそんな事ばかり考えるけど、あたしが言いたかったのは、どっちも川原で商売したって事。河川敷って言うの、あんなとこ。春美ちゃんって出雲の阿国《おくに》」

「何、それ？　分からへん」

ユミちゃんは春美の手が香山しげるの腕に置かれているのを見て、また不満だと意思表示するように鼻を鳴らして顔をそむけ、

「しげると一緒の時に何をあんたに話しても無理」

と早くバーを出て行けというように手で払う仕種《しぐさ》をする。

大劇場の近くにさしかかって母が、

「劇場、一廻りしてくれはりますかァ」

と運転手に頼んだ。ハイヤーは劇場の廻りをのろのろと進む。開演にまだ三時間もあるのに、人の列が劇場を取り囲むように出来ていた。春美のあんこ姿の絵の看板がかかげられていた。

ふと思いつき、

「イズミノオクニ」

とつぶやいてみて母に、

「イズミノオクニって何？」

と妙なまじないのような響きの言葉を言ってみる。

「何ィ？　誰に訊かはったん？」

母は訊いた。春美はうろたえ、

「市川先生が言わはった」

と嘘を言う。イズミノオクニ。母は口の中でつぶやき、

「浪花節の」

と言いかかり、思いついたというように、

「市川先生やったらそういわはるやろな。うち出雲の阿国言うたら、畠山みどりはん想い描いてしまうけど、都はるみがそうやと言うの、先生らしい」

と独りごち、

「京都の川原で歌舞伎の根本をつくったおなごはん」

と説明する。母はハイヤーの中から列をつくって入場時間を待っている人に頭を下げ、

「おおきに。都はるみはええ歌うたいますえ」

と礼を言った。裏の通用口から楽屋に入るまで母は会う人毎に頭を下げ、礼を言った。朝、最後の段取りの説明に家に来てくれていたレコード会社の社員や、劇場の渉外係の人にまで改まって礼を言い、楽屋に入るとすでに運び込まれている花束にまで頭を下げた。市川先生、星野先生の名があった。春美が前座歌手として地方公演に行った先輩歌手の名も、テレビで仕事を一緒にした人気歌手の名も野球選手の名も、会社のそばのレストランもあった。ひときわ目をひいたのは大島町一同と名札をかけた大量の椿の花だった。

「お母ちゃん、花、ゲンがええのやなァ」

春美は言う。

「もう今やから言うけど、これ」

春美はポケットから御守を取り出す。

「地区大会の時に、御地蔵様の灰と花、この中へ入れた。全国大会の時、お母ちゃん、掛け軸のとこにお蒲団取って、春美はここで寝よしって言うたやろ？　あの時の掛け軸も花やった」

母は不意に笑い出す。

「お母ちゃん、床の間の大黒柱の前にお蒲団取ったつもりぇ」

「分かってるけど、みやこわすれの花。それが今度は椿や。花」

「そうかァ」

母はつぶやく。

「それからうちの御守、もう一つ。これ」

春美は化粧箱を引き寄せ、

『アンコ椿は恋の花』の歌の時に、髪に巻く椿の絵を染めぬいた手拭いの上に置いてある銀のかんざしを取った。

「お父ちゃん、うちにくれはった。うち、お父ちゃんとお母ちゃん、半分ずつの子や。お父ちゃん、ここにいやはらへんけど、これ髪につけると、がんばれ、て言うてくれはるような気がする」

春美は母を見た。母は楽屋の花に囲まれ、充分若く美しかった。その母が春美が人気歌手になってしまったので、京都に、父と清乃や哲生を残して春美の世話の為にいる。胸が鳴った。

秘密を今、言う時だと春美は決心し、

「お母ちゃんは、うちが香山しげるさんを好きになったのは、お兄ちゃんみたいに思たからやと言うたら、怒らはった。お兄ちゃんなぞおったら、家がめちゃめちゃになるて。うち、もう知ってるえ。お兄ちゃんいる。お父ちゃんの前のおなごはんの方に」

母はかんざしを見つめる春美を見ていた。

「そうかァ。知ってたんかァ」

溜息をつくように言うのを耳にして、春美は顔を上げた。母を見つめたとたん涙が出た。自分の一途な恋の為に涙を流さない。母の父に苦しむ一途な恋の為、涙が出る。振り返って確かめてみなくとも、大島の人らが春美の為に枝を切って贈ってくれた一重の椿が燃え上がるように赤いのが分かる。

市川先生はワンマンショーの間中、観客席と楽屋を心配でならないと行ったり来たりし、あげくは、昼の部がはじまる前に一仕事すると、楽屋にギター一本運び込み、化粧をしている最中だと言うのに、

「春美ちゃん、ちょっと声を出してみてェ」

と友達に言うように言う。

「確実だね。大ヒット確実だね。これはね、化けるよ」

「化けるって、何がですか？」

「天に行っちゃうよ。天井に行っちゃうよ。百万枚。誰もこの楽屋で、ギター一本で、二時間か三時間でつくったと思わない。もういっぺん確かめるから歌わないで読んで見て」

春美は化粧し終っていないまま、歌詞を読んだ。口紅を唇につけていないので、声がすこし乾いている。

「連絡船の着く港」

春美は題を読み直した。

「いいねェ。詞がいい。春美はこの曲で、来年もここでワンマンショーだ」

市川先生は言い、歌ってみようとギターを弾きはじめる。

レコードが発売され、市川先生が予言した通り、飛ぶように売れはじめ、春美は改めて歌が不思議な生き物だと知り、曲を耳にした人の誰も、市川先生がギター一本持って楽屋に来て、ものの二、三時間でつくったとは想像出来ないだろうと感じ入った。ファンデイションは塗っていたが、舞台化粧の途中だったから、いつも一等最後に残す口紅は塗っていなかった。歌詞の言葉を大切にするのは春美も市川先生も一緒だった。

〽いつも群飛ぶ　かもめさえ　とうに忘れた　恋なのに

先生はあらかた曲をつけ終って京都訛のある春美に歌詞を読ませ、春美の口紅をつけていな

い唇が立てる子音の響きに合わせるように、

「そうね。ここは、〽かも〜め〜さ〜え〜　と鴎《かもめ》が集まってる。でもワイワイ騒いでるんじゃない。ほら、〽か〜も〜め〜の水兵さんッ、という感じのよく分かる鴎」

と自分に言うとも春美に言い聴かせるともつかない言葉をつぶやきながら、曲をつくった。

新曲の『涙の連絡船』は前曲の『アンコ椿は恋の花』よりもっと早い速度で百万枚の大壁を突破し、春美はレコード会社のつくったテレビ・ラジオ出演や地方公演の過密スケジュールで完全に身動きが取れなくなった。丁度ベトナムで戦争がくすぶりだした頃だったし、オリンピックが終った頃なので相ついで創られた芸能週刊誌はデビューして日が浅いのにたて続けて大ヒットを飛ばした都はるみを追いかけ、嘘でも本当でも、都はるみという名前を入れればよい、と何人もの記者がつききりになった。春美も京都で歌謡教室へレッスンに通っていた頃、人気スターや流行歌手の記事を読んだが、いざ自分が写真入りで書かれてみると、インタヴューで話した事もない事が話したとある、した事もない事がした、と書いている。最初、春美は記事を読んで笑った。そのうち、何で嘘ばかり書くのか、と怒った。地方公演に行く汽車でアイスクリームを買ったのを駅弁を買ったという類の嘘ならよい。芸能人は芸能だけをやる人間だから地声や素顔でどんな弁明も出来るはずがないと、青天霹靂《へきれき》の嘘を読者へのサーヴィスのつもりで書く。芸能記者も芸能レポーターと称する人間も、歌がどうやってつくられ、どう歌われるのか知らなかった。春美の歌と、鼻先、口先だけの歌の区別がつかなかった。春美が市川先生に書いてもらった曲の半分の意味でも芸能レポーターが分かっていれば、その人の報じるめちゃくちゃな嘘が、実のところ芸能のそばにいて芸に足をすくわれ浮かれて節度を失った自分の似姿だと気づくはずだった。春美にしても芸能の怖さを感じている。たてつづけてミリオン・セラーを出し、超過密スケジュールに追われ、行く先々でファンに取り囲まれ、芸能記者に追いかけられていたら、神経が麻痺《まひ》し、そばにつきそってくる母にもぞんざいな口調になる。

或る時、レコーディングの打ち合わせでレコード会社へ行った帰り、市川先生が、

「春美ちゃんの家でお茶飲ませてよ」

と声を掛けた。

「えっ。家に先生、来やはるんですかァ」

春美が訊き返すと、

「ほら、この間、九州の公演で買ったおせんべい」

と大きな箱を取り出す。

「これは春美ちゃんが僕にくれたものだけど、本当はお母さんに渡すのが一番いい」

市川先生は断言するという口調で言った。レコード会社の前からタクシーに乗り込み、走りはじめて春美は母がまた市川先生に何事か相談したのだと不安になり、

「何か、お母ちゃん、先生に言わはった？」

と訊く。市川先生は春美の不安を見透かしたように、

「何にも」

とにこにこ笑いながら答える。

「ただ先生はおせんべい、お土産に持って行く相手が違うという気がするから、今日はこのおせんべい持って、春美ちゃんから預っていたものですけど、と言って渡して、お茶頂いて帰ってくる。それに久し振りに、北村松代さんにも会いたい。会って歌の話とか新人歌手、教えるコツ訊きたい」

「ああ、お父ちゃんが言うた事」

春美はそう言って、無口な父が心ない芸能記者にせっつかれ、妻の松代は昔から人に物教えるのが上手だった、と一言ぽつりとつぶやいたという記事を思い出した。春美が二作たて続けにミリオン・セラーを出してから、芸能記者やレポーターは母や父をまで芸能ネタに組み入れ報じた。母は芸能記者の取材に応じなかったが、日参する記者につい同情し、信用して一人にだけ取材に応じた。春美を育てたのは、父と一緒に暮らした事で引き受けた苦労を晴らす為だ、とあったが、母に問いただすと、浪花節の話はしたが、そんな事は話していないと言う。春美と母は口論になった。

「うちがお母ちゃんの考えるとおりの歌手になったんやから、お父ちゃんの事、言わんといて欲しい」

母は、

「お父ちゃんの事言うて、何が悪いんですか？」

と居直った。

「お父ちゃんはお父ちゃんや。わたしはわたしや。夫婦が片方の相手の事を言うて何が悪いんですか？」

「広沢虎造好きや、桃中軒雲右衛門好きやというの昔からやから、その理由にお父ちゃんの事、言わんといて欲しい」

口論はささいな喰い違いが原因だったが、母が香山しげるの名を持ち出して来たのでこじれた。

市川先生はせんべいの箱を膝の上に置き、京都にいる父やきょうだいを思い出して胸が詰った春美から眼をそらし外の景色を見、ふと、〽やす〜き〜と小声で安来節の一節を歌い、

「歌謡曲って面白いね。流行歌って面白いねェ。まだまだ色々出来るよ。童謡だって民謡だって浪花節だって、色んなメロディー持ってる」

と言い出す。春美は顔を上げる。市川先生は春美を見て、顔を明るくする。

「春美ちゃん、お母さんに、都はるみは出雲の阿国だと先生が言ったと嘘を言ったでしょ。誰が言ったか知らないけど、誰でもいいんだァ。そうなんだ、春美ちゃんは出雲の阿国。永久に歳取らないの。玉手箱、開けないの。モモタロウとかキンタロウとか、いつまでも若いの。軽いの」

「先生、わたしがキンタロウですかァ」

春美は吹き出す。

「たとえば、〽あ〜しが〜らや〜まの。速度落とすと怖いよ。だけどかわいいよね。〽ハッケヨイヨイノーコッターッ。軽いし、何かのイントロに使っていいくらいだけど、これも怖い。〽ノーコッター。何なのかなァ。怖さ。こんなの残しながら、ジャンジャカジャンジャカ、ビルとか工場のベルトコンベアの音なんかで歌をつくっていく。春美ちゃんがそれを歌う。やっちゃえ、吹っとばしちゃえ、と歌ってゆく」

市川先生は玄関を入るなり、奥の春美が母と共に寝室に当てててる部屋に断りもなしにふらりと入り、

「はァ、これはまさに出雲の阿国だ」

と笑い出した。春美も母も市川先生が何を笑っているのか一瞬分からないでいると、〽モモタロさんモモタロさん　と歌をうたいながら春美を手招きし、

「恥かしいよ。このベッド。レースのひらひら天井からぶら下がってシンデレラの寝るようなベッドだけど、お母さん、ここで畳にお蒲団敷いて寝るんでしょ」

と言い、春美を見つめ、

「ベッド取っぱらって、お母さんと同じ高さで眠るとこから、都はるみはやらなくちゃ」

と言い、流しで湯をわかしていた母に、

「まだ春美ちゃんのレッスン、聴いてやってるの?」

と訊く。母はうろたえ、

「そんな事」

と言い、沸いた湯を急須に入れて運んで来て、

「何人も歌の先生、ついてくれてますし、忙しよって家で落ち着く暇もないし」

と市川先生の前に坐る。

「忙しいよねェ」

市川先生は春美を見る。市川先生はふと大切な事を忘れていたように、忙しい春美がお母さんに買って来て自分に預けていたものだ、とせんべいの箱を春美に渡す。そうではない、市川先生への土産だと本当の事を言い、忙しさにかまけて母へ感謝する気持を喪《な》くしていたと謝りたかったが、ただ、

「この間の九州の時の」

とだけ言って、母に手渡した。

「春美ちゃん、何人きょうだいだっけ?」

不意に市川先生が訊く。母が言葉を引き取るように、

「妹が三人、弟一人で、きれいに皆な二つ違いです」

と言うと、市川先生はその事が言いたくて家に寄ったのだというように、

「いいなァ。いい家族だなァ」

と声を上げ、母が開けるのを待ちかねるように箱から一個せんべいを取って、一等最初に器に移す以前に食べたのだから、自分宛に買って来た事の気も晴れただろうというように春美を見て、

「仲のいい家ってうらやましいなァ」

と市川先生らしくない曇った声で言う。


春美は市川先生の言葉の意味を分かった。『アンコ椿は恋の花』の大ヒット以来、自分が自分でなくなるような忙しさの渦に投げ込まれ、さらに『涙の連絡船』のミリオン・セラー突破で、人気歌手都はるみの忙しさは頂点に達したので、忙しさや人気のとばっちりは、家族にも及んでいた。市川先生は都はるみのふっとうする人気のせいで春美の家族がちぐはぐになり、不仲になるのを心配してくれた。

「春美ちゃん、いいお母さんだよねェ」

ふっともらす言葉に、市川先生が創り、春美が声にして形を与える歌が、人にねぎらいを与えても誰をも傷つけなぞしないと教え悟す意味がこもっているのを、春美は知っている。市川先生にとっては、それは自分の事でもあった。春美が市川先生の家に電話すると、

「昭ちゃん、恋人から電話よォ」

と呼ぶ気さくな奥さんがいた。二つのたてつづけのミリオン・セラーは、先生と弟子の二人の環境をはっきりと変えていた。

その年の暮、春美はNHKの紅白歌合戦の出場歌手に選ばれた。周囲は当然すぎるほど当然だと言ったが、春美は嬉しかった。というのも、『アンコ椿は恋の花』を出す前後に何度かNHKの放送に出る為のテープ審査を受けたが、春美の歌は認めてもらえず、落ちていた。NHKは独特な歌の基準を持っていた。何によるのか、NHKは日本の旋律を嫌った。日本の独自な歌唱方法、その中でも特に大衆に根を張った浪曲等の歌唱方法を嫌い、喉を開き、口腔内で反響させ声を出す西欧式の歌唱方法を通俗で簡単なメロディを歌うのに使うと言った類の歌を好んでいた。

紅白歌合戦の初出場とは、人気歌手として認められたという事ではなく、NHKが、市川先生と春美が作りだした歌をはっきり認めたという事だった。その歌とは歌謡曲の事だし、流行歌の事だった。ドイツ・リード風に歌う歌でも、歌声喫茶の皆なで歌うような歌でもない。演歌や艶歌《えんか》と称する歌謡曲や流行歌のごく一部を拡大して聴く人に圧しつけていく歌でもない、日本に本来ある旋律と西欧の旋律がぶつかりあった歌。はやり歌。市川先生のはやり歌は古賀政男の歌とはっきり違った。船村徹の歌とも違った。『涙の連絡船』は同じ連絡船というものを歌の題に入れた『連絡船の唄』と違った。『涙の連絡船』はどこの港の連絡船でもよかった。大島かもしれないし、函館かもしれない。春美はその連絡船の着く港にたたずむ一人の娘として、恋を歌う。菅原都々子の『連絡船の唄』は、歌詞の中に名が出て来ずとも、旋律も歌唱方法も、はっきりと日本と韓国をつなぐ連絡船だと明していた。春美はその市川先生に何もかも認めてもらいたかった。しかし市川先生は一度も香山しげるの名を口に出さない。『涙の連絡船』の大ヒットを背景におおみそかの日のNHKの紅白歌合戦に出場するため、会場へ向かう春美に市川先生はついていてくれた。車に同乗した市川先生は、

「春美ちゃん、新年おめでとうって、誰に電話する?」

と訊く。春美はまっ先に恋人の香山しげるを想い描くが、

「来年、すぐ仕事入ってるから、京都へ帰られへんよって、京都のお父ちゃん」

と嘘を答える。いや嘘ではない。除夜の鐘が鳴り終わったらすぐ、母と春美は、京都の父や妹らに電話をかける。香山しげるに電話をかけるのはその後だった。香山しげるはもう歌手ではなかった。春美が母や周囲から交際を反対されたように香山しげるも、陰に陽に、周囲から反対を受け、売れないなら歌手であり続ける必要はないとレコード会社の専属契約を解かれていた。香山しげるとの恋愛を想うと、市川先生と一緒に創っている歌が、はやりの歌が、禍々しくなる。市川先生が、人の恋路を邪魔する悪魔のように思えてくる。

「春美ちゃん、お目出とうって電話ちょうだいよ。僕にも哲つぁまにも。『アンコ椿』から始まったんだし、言ってみれば僕らは同期の桜。今年もガンバロウって」

春美はうなずく。北村春美と都はるみの二人が、体一つを奪いあっているような気持ちのまま、

「はい」

と声に出して言い、心の中で春美は、香山しげるに済まないと詫びる。春美が普通の十七の女の子なら、一緒に初詣に出かけもするところだった。正月の晴着なら持っている。春美が着物姿なら自分もと香山しげるは着物を着、連れ立って特別に終夜動いている電車に乗り、明治神宮にでも、浅草の観音様にでも初詣に行く。しかしそんな事はあり得なかった。春美は普通の十七の女の子ではなかったし、それに御地蔵様にお参りしても、他所の仏様や神様にお参りした事はない。春美は胸に入れた御守袋を取り出して握った。

「何?」

と市川先生が訊いた。そういう事が市川先生への最大の反抗だというように、

「御地蔵様の灰の入った御守」

と言う。

「そうなの」

市川先生は春美が何を言い出したのかさぐるように見る。

「昔からずっとお参りしてたから、春美の言う事だけ聴いてくれる。春美の願い、必ず聴いてくれる」

「じゃあ、紅白も見ててくれるんだ」

NHKの楽屋の入口に車が停まり、職員が一刻を争うというように車のドアを開けた。春美

が挨拶しかかると、市川先生は、

「はるみ、って声掛けるからね」

と笑を浮かべて言う。挨拶の代わりに、

「はい」

と返事し、春美は先に車を降りた。報道の腕章を巻いた芸能記者らが一斉にフラッシュをたき、何人かが初出場の感想を聴こうと声を掛けたが、職員に制せられる。春美は小走りに駆けた。番組はいまさっき始まったばかりだったので、そのままステージの方へ行けば、最初の出場者紹介に間に合う。打ち合わせ通りステージの裏に着くと、番組のアシスタント・ディレクターが、

「よかった、よかった」

と丸めた台本を振りながら、次に出ろと言う。春美はペアになって舞台に出て行く白組の男性歌手に頭を下げた。

「初出場者同士だから、思いきって歌おうね」

男性歌手が言った。

「そうだよな。もうレコード大賞の新人賞も取っているんだし。これからNHKもどんどん出て。ニッポンハクシャキョーカイだって。ケチケチケーだって。変えてやらなくちゃ」

アシスタント・ディレクターは笑い、笑い声が響いたと思ったら、

と笑っていたのが嘘のような声で、キューを出す。春美は笑顔をつくり、同じ初出場の男性歌手と共に、天の高みからなだれ落ちてくるようなライトの光の中へ歩き出す。テレビとラジオの双方あわせると、日本中の人が、今の春美を注視しているはずだった。司会者が春美の芸名を呼ぶと、拍手が一層高まった気がした。笑を浮かべ、舞台の中央でお辞儀をし、顔を上げ、春美は、自分が今、硝子窓に映ったもう一人の春美になって舞台にいて視聴者と向きあっている気がする。もう一人の春美はお客の拍手で輝く。洩らす溜息で一層綺麗になる。もう一人の春美は何の苦痛も苦しみも知らない天から降りて来た歌の精のようなものだった。一途な恋を歌うのに恋を知らなかった。春美は都はるみになりきって、自分がしている香山しげるとの恋愛を忘れて、歌が描き出す娘の切ない恋を熱唱した。

「はい、次」

間奏の時、幾つも「はるみ」と声が掛かったが、どれが市川先生のものか分からなかった。

正月一日は市川先生に約束したように市川先生と星野先生に年賀の電話を入れただけで何もせず、付き人やお手伝いさんにも帰ってもらい、母と二人、親子だけで家に籠って過ごした。餅を焼き、蜜柑《みかん》をむき、忙しい時間をぬってどうやって準備したのか、母の手作りのおせち料理を食べ、たいくつすると、金を賭けてスゴロクをした。春美が勝ちつづけると、

「あんたはん、強おますな」

と母はからかう。春美は得意げに咳払いをし、鼻の頭を親指でこすり、

「半分、博奕《ばくち》好きの血やさかい」

と返すと、

「あの人のは勝ったためしのない博奕。博才はこっちや。スシ食いねェ」

と言い、母は森の石松になった気で浪曲の一節をうなりはじめる。うなり終って、ふと思いついたと春美の顔を見て母は、

「何やしらん、全国大会の日みたいな気ィする」

とつぶやく。

「なあ、お母ちゃんは、こんな正月、迎える事、あの時、考えてたとも思うし、そこまで考えてなかった気ィもするえ。お母ちゃん、春美の歌の事ばっかし考えてたから」

「お母ちゃんも市川先生も歌のお化けやから」

春美は言う。母はくすりと笑い、

「なんえ、お母ちゃん、春美に取り憑いたお化け?」

と訊く。

「歌のお化け」

春美はもう一度言う。春美は香山しげるを想う。

羽衣の徴

鏡に紅を引いたばかりの唇を映してみて、春美はふと、大劇場の楽屋で市川先生が『涙の連絡船』をつくった時を思い出した。あの時、口紅を塗ってもいないまま、出来上ったばかりの一節、一節を歌った。何もかもあの時と今はよく似ていた。『アンコ椿は恋の花』の作詞作曲のコンビが、今の一等最後に世に送り出す『夫婦坂』の作詞作曲のコンビでもあった。あの時、楽屋にあった一重の赤い椿の花が、いまも飾られてある。しかし、時は流れた。あの時なら開演直前とはいえ楽屋に一人こもる事なぞ出来なかった。歌をないがしろにしていたわけではないが、デビューして日も浅い十六の春美が大ヒットを飛ばし、その勢いに乗っての大劇場でのワンマンショーという事だったので、楽屋は入れ替わり立ち替わり人でごった返した。その楽屋の賑いは、今から思えば、東京という町の賑いとよく似ているように思う。今から思えば、どれが後なのか先なのか分からないが、連日デモが繰り返され、皇太子の御成婚があり、オリンピックがあった頃だったから、何が何だか分からないが活気があった。

春美は歌った。自分の信じ続ける歌を一途に歌った。いや、母が信じ、市川先生が信じる歌を、春美も信じて歌った。歌は魔物だった。歌は春美の青春をめちゃめちゃにした。春美は鏡に映った自分の眼を見つめる。もう一人の春美が涙を目に浮かべる。歌がこの世になかったら今の春美はない。歌がこの世にあったとしても、声がなかったら、今の春美はない。同じ声があったとしても、母が信じ、市川先生が信じる歌を同じように信じてしまう春美でなかったなら、今、突然、自分の顔に貼りついた肉つきの面をはがすような、五体を切り刻んで痛みを耐えて歌という魔物を取り出そうとするような事にはならない。鏡に映ったもう一人の春美の眼に涙がふくれあがり、まつげをぬらす。歌は魔物だった。歌は憎い敵《かたき》だった。歌がもし人の形をしているなら、後でどんなとがめを受けてもよいから、鋭い刃物で刺して殺してもやりたい。そんな夢幻が現実にあったなら、春美の歌を聴き続けてくれた人々は驚愕し、嘆きもするが、始めて、歌という魔物に取り憑かれて何もかもを犠牲にして来た春美という歌手にも、斬れば痛いという生身があり、普通に暮らす女の人と何ら変らない女の一生があるという事にも気づいてくれる。歌が生きがいだ、と芸能人が言う。私には芸能しかないと芸能人が言う。春美はそんな言葉を耳にする度に嘘があると思う。歌が生きがいであるはずがなかった。普通のサラリーマンが、工員が、歌を歌ったり聴いたりしてほっとするのは当然の事だが、芸能をやる者が、歌で救われるはずがない。十六の歳から、いや、六つの歳から春美は歌を歌わされ続けて来た。時には、母を鬼のようだと思った。市川先生を悪魔のようだと思った。しかし今となってみれば、母も市川先生も、鬼や悪魔ではないと分かる。二人は歌を信じているだけだった。春美に声を出させたのは、歌そのもの。十六の歳から、歌が春美に歌う事を強要した。春美と同期の歌手で歌う事を歌そのものから強要されているのは誰もいない。歌声の中からそんな天成の歌手の受難の徴を感じるのは美空ひばり唯一人だった。その徴は体のどこにあるわけではなかった。春美はハンケチで涙をぬぐった。いっそ星の形でも、十字でも額のあたりに徴がついていれば、人は分かってくれるのに、と春美はひとりごち、鏡に笑をつくり、立ちあがる。

唇の紅と大島町から届いた椿の花束の花と同じ色のような気がし、春美は不意に、憑かれたように花束から一輪、手で折り取る。何に生けようかと周りをさがし、いつぞやプロダクションのパーティーのビンゴ・ゲームで引き当てたチェコスロバキア製のタンブラーがあるのを見つけ、春美はその中に入れた。一日だけの都はるみ最後のワンマンショーだから、水を入れなくとも椿の花は萎《な》えずにいるのは分かっていたが、歌に歌わされていると感じるように、いま、椿の花に、水を汲めと命じられている気になって、春美は洗面台に行く。蛇口をひねり、勢いよく流れ出た水が手にかかった。十二月の水はたとえ大劇場の楽屋のものであろうと冷たい。一瞬、春美は大島の海を思い出した。一輪の椿の花が映画のロケ現場で、助監督が放り棄てた椿の花のような気がし、香山しげるを想い出した。香山しげるは死んだ、と思った。春美はタンブラーに生けた椿の花を鏡の前に置いた。春美は鏡の前に坐り直し、一重の花弁の花を見つめた。今から思えば、香山しげるとの出会いも、恋愛も、結婚も、離婚すらも、魔物の歌が作り出し筋書きを書いたように思えた。

市川先生がレコード会社を離れ、しばらくヒットが出なくなっていた頃、いままでの都はるみのイメージではない『北の宿から』が思ってもみなかったような売れ方をした。春美はその頃を思い出すだけでも苦痛だった。誰にでも、どんな人生にでも、迷いが生じる時があるが、『男が惚れなきゃ女じゃないよ』あたりからヒットがなくなり、作曲を市川先生以外の人に頼む機会が多くなった。市川先生以外の先生の手になる『北の宿から』が大ヒットし、おまけにレコード大賞を取ってみて、春美は意外なところから歌の魔力が薄まったような気がしたのだった。春美は香山しげると結婚した。そしてすぐの離婚。何も弁解したくなかった。市川先生と再び組んでつくった『大阪しぐれ』が大ヒットした時、春美ははっきりと改めて歌が自分の一生をがんじがらめに縛っているのに気づいた。新しく現れたその人はがんじがらめに縛られ、歌の魔力に翻弄されている春美を分かってくれた。分かって欲しかった。肉にぴったりと貼りつき、はがせば、以前の顔ではなく皮膚が破けただれた顔と呼べないようなものしかないと分かっているが、歌の魔力をのがれる為に肉つきの面をひきはがすしかないと決心する歌の徴つきのような春美の気持ちを知って欲しかった。春美は昂ぶったまま、タンブラーに生けた椿の花に手をのばした。一輪の花を恋人に、映画のシーンのように、贈りたい、と思った事があった。だが、今は、そんな甘ったるい気持ちでは、歌に翻弄され、縛られたまま一生を送る事になる、と知っている。美しい憶《おも》い出《で》も甘やかな幻想も歌にひれ伏すなら許されるが、歌の魔力から抜け出ようとするなら粉々に砕かなければかなわない。春美は花弁を指でつかんだ。花弁をちぎろうとし、椿の花に何の怨みはないと思い、昂ぶったまま、手を引く。

春美は楽屋の時計を見た。都はるみ最後のワンマンショーの開演まであと一時間ばかりだった。楽屋の外には、何人も春美が気持ちの整理がついたとドアを開けるのを待っているはずだった。十分ほど一人になる時間を呉れ、と言って、メイクの人にも母にも外に出てもらってした事は、唇に紅を引き、思いついてタンブラーに一輪、椿の花を飾っただけだった。それでも、春美は一人、楽屋にこもって、自分の体から都はるみを引きはがす準備が充分整ったというように、

「よっしゃ」

と膝をたたき、立ってドアを開ける。ドアを開けるなり、

「さあ、もう矢でも鉄砲でも持って来いという気持ちゃ」

と笑を浮かべながら明るい声で誰に言うともなしに言うと、中にメイクの人やスタッフの人に、小腹がすいた時につまんでもらう笹の葉に巻いた鮨を入れた大きな皿を持った母が、

「重かったえ」

と切り返す。

「こんな重い皿持ってたら、うちかて、矢でも鉄砲でも持って来いという気になる」

傍からメイクの人が、

「春美ちゃんより先に一つ頂いちゃった」

と言い、春美を見て、

「舞台に出る前に、髪、もう一度、ブローしとこうね」

と真顔で言う。

「さあ、中に入って下さい」

春美は京都訛を使って言う。母は楽屋に入るなり、

「花の匂いでクラクラしそうやなァ」

と言い、大皿をテーブルの上に、

「よいしょ」

と置き、春美を見つめ、

「あんた、ここまで来たら、舞台でお母ちゃんの悪口言うたらあかんえ」

と言う。春美は苦笑する。とぼけて、

「悪口言うた言うて」

とつぶやくと、

「NHKホールで、鬼のような、と言うたやないの。あんた知らんかも分からんけど、鬼かて、ええのと悪いのが、おります」

と言い、鏡の前でブラシをセットしはじめたメイクの人に、

「なァ、あんまりやなァ」

と相槌を求める。

「鬼のようにも思いました。仏様のようにも思いました。おかげでニッポンイチの歌手にもなりました、そう言おうと思てたけど、忘れてしまったんやから」

春美は母の運び込んだ大皿の鮨を一つ取る。笹に包まれているので中味が分かるように、えび、と書いた紙が貼ってある。

「えび」

春美は声に出して読む。

「食べるの？」

母は訊く。春美は首を振る。とたん、また、今日が最後のワンマンショーだという昂ぶりがおしよせ、

「お腹すいてても歌が大事やから開演前に食べられへん」

と、子供の時代の春美に戻ったように言う。母は春美を見つめた。

春美は自分を見つめる母の気持ちを分かった。歌手をやめる、と決断して、一時間後に控えた都はるみとしての最後のワンマンショーの今まで、春美は人間が耐えられると思えないよう

な日々を一刻一刻と過ごして来た。テレビ出演。ラジオ出演。引退を発表してから一層、執拗に追いかけ続ける雑誌記者のインタヴュー。しかし過密なスケジュールは人気芸能者なら当然の事だった。ミリオン・セラーを何枚も出している春美は過密なスケジュールをどうこなすか知っている。レコードを三十万、四十万枚売るくらいの歌手になると世間は放っておかないし、五十万枚の大台、七十万、八十万の大台、さらに勢いがつき百万枚を突破すると、歌手は単なる歌手ではなく歌う事件のようなものになる。だが歌手をやめると決断し、世間に公表してから経験した今までの重圧は歌がミリオン・セラーに化けた時の、歌う事が事件を起こしているような感覚とまるで違ったのだった。人の言葉が痛かった。言葉で言わずとも体で、手で、目で語りかけ問い、嘆き、さらにあきらめきれずに問うてきた。それが、その無言の肌に痛い声が春美に襲ってくる。ファンから何通もの手紙が来た。手紙の文字が春美に問いかけた。そしていま誰よりも一等身近にいる人間として母は、春美に今までスタッフやレコード会社の人やファンの人々が、言葉で、体で問い続けて来た事を最後に問うように、無言のまま春美を見つめる。

母にしてみれば、割りきれない事ばかりだった。六つの歳から春美に歌を教え、コンクールの全国大会で優勝し歌手になった春美を陰になり日になりしながら支え、大歌手となってこれから本当の花を咲かせようという時に、歌をやめられてしまう。母から見れば、春美は歌をなめきっているとしか思えなかった。春美は時分の歌があるというのを気づいていなかった。十六の時に歌う歌と、四十の時に歌う歌があるのを知らなかった。春美の歌う歌が浪曲というなら声に張りがない艶がないとなると、引退、廃業という事もありうるが、しかしその浪曲師と言えども、時分の声を工夫し、張りのある声、艶のある声では出ない味をつくり、歌うのが常だった。同じ歌を歌い続ける浪曲師でもそうなのに、まだ張りもあり艶もある声の春美は、自分の歌っているのが浪曲ではなく、流行歌だという事を本当に知ってはいない。流行歌。はやり歌。市川先生がいる。船村徹先生がいる。遠藤実先生がいる。声が出ないと言うなら春美の声に合わせ、先生方は春美の為に曲を書いてくれる。母の目は一瞬のうちに色々の事を問いかけた。いまさら何を問いかけてもせんない事だというように、春美からふっと視線をそらし、

「市川先生、うちの顔見て、お母さん、おめでとうって言うてくれはった」

と言い出す。春美が気持ちの昂ぶりを鎮める為に考える事もなしに鸚鵡返しに、

「もう市川先生、来てくれたの？」

と訊くと、母は椅子を引き寄せ、鉄火場にいる博奕打ちか女浪曲師のようにこころもち股を広げ、男のように坐り、煙草《タバコ》を一本銜《くわ》え、マッチの火を擦りながら、

「さっきここへ来てくれはった。丁度、あんたが一人楽屋におった時や」

と言う。母は煙草に火をつけ、一服ふかし、それで気がすんだというように煙草を消す。

「お母さん、おめでとう、お母さん、おめでとうって二回も言うてくれはった。先生、それだけ言うて、くるりと背向けて会場の方へ行きはった」

母はそう言い、また春美を見る。母の眼にゆっくりと涙がふくらむのが分かる。春美は母の涙を見たくないと思って、

「ケイちゃん」

とヘア・メイクを呼んだ。

「ちょっと早いけど、今日は特別やからヘアやって」

春美が言うと、

「そうしておこうか」

とヘア・メイクはドライヤーのスイッチを入れる。春美はドライヤーの乾いた熱風を手に当てて加減を確めているヘア・メイクを見ながら、くるりと母に背を向けて会場の方に行ったという市川先生を想像した。市川先生は開演までの一時間、どうやって過ごすのだろう。市川先生は劇場のロビーに、今日の為に特別にレコード会社やプロダクションが出した売店の一つ一つをのぞく。売店は都はるみという名の入った様々な商品を売っている。タオル、湯呑み茶碗、レコード、ポスター。市川先生の事だから、

「へえ、こんなの、あるの」

と声を出し、最後のワンマンショーの記念にと一つタオルを買う。タオルを買うと、所在なくなり、二階に上る。下のロビーはワンマンショーの客を迎える為にスタッフらが準備におおわらわだが、二階には誰もいない。音もない。ただ、備えつけの自動販売機の機械の音が耳鳴

りのように響いている。

歌手をやめると決断し、市川先生に報告した時、先生は、

「そうなの」

と言ったきり、何も問わなかった。ただ涙を流した。春美は市川先生の顔を思い出し、胸が詰った。春美は先生に詫びたいと思った。先生は二階のソファに坐り、ただ壁に貼った劇場のポスターを見ている。歌に振り廻された天成の徴つきの歌手が今日、歌と心中する。心中するしか、歌の魔力からのがれる方法はない。

「先生、歌っていうの、何ですか？」

春美は歌手をやめようと考えていた時、市川先生に訊いた。市川先生は春美が普段言わない事を言うと、瞬間、厳しい目つきをし、愚問に答える必要がないというように、

「春美ちゃん、いつも歌ってるでしょう」

と答えた。ある時は市川先生は自分から言い出した。

「今ごろ日本中で何人、歌うたってるか想像した事、ある？　何百万、何千万だろうね。いいねェ。難しい事、言う人は、カラオケで歌うのは歌じゃないって言うけど、僕はやっぱり歌だ、と思う。歌って、日本人は好きなんだ。ねェ、そう考えると楽しくなる。お父さんも歌ったし、お母さんも歌った。お父さんのお父さんも、お父さんのお母さんも、お母さんのお父さんも、お母さんのお母さんも歌うたった。だからどこでも盆踊りでじゃんじゃかやるじゃない。歌う

たったり踊りおどったり」

市川先生は耳鳴りのように響く自動販売機の機械音に耳かたむけ、春美が歌をどう考えているのか、想像している。春美は当の市川先生も驚くほど、曲をもらいレッスンを受けた時の歌い方の忠告を克明に覚えていた。

書かれた曲はそれだけでは歌ではない。歌手が歌ってこそ歌になる。或る歌手が歌ってもヒットしなかったものが、別の歌手にかかると生命の息吹きが起こり、よみがえり、聴く人の心のひだに入り込み、ヒットになる。春美は市川昭介という希有《けう》の歌の狂気というしかない作曲家の曲に、声で生命の息吹きを与えた。その春美が今日を最後に歌手としての生命を断つ。市川先生は春美の性格の強さを知っている。一途な性格を知っている。一旦、決断した以上、どんな苦しい事があっても音を上げず、やりとげるのが分かっているから、ただ、今は、都はるみ最後のワンマンショーを大歌手の最後として後世に残るような舞台にして欲しい、と思うばかりだが、心の隅の方に、歌に抗《あらが》い、歌と心中しようとする春美に不満もある。自殺する者はよい、心中する者はよい、しかし、後に残された者はどうするのか？　市川先生は春美が訊いた言葉をそっくり返したいと思っている。

「僕ら歌つくって来たよね。春美ちゃん、歌って何だったのー？」

春美は笑って、答えない。市川先生は勢いて自分で言い出す。

春美ちゃん、今、歌やめようと言うの、僕から言うと『北の宿』が間違っていたんだよ。あの時、駄目と思った。春美ちゃんをそんなに早く女にするなって心の中で叫んでいた。女心で売るんだったら、いつでも出来る。まだ早いよー。もうちょっと元気なままにしといてよー。ところが『北の宿』売れちゃった。あっという間に違っちゃった。『大阪しぐれ』を書く時、よーし、と思った。春美ちゃんをちゃんとした女歌う歌手にしてやる。

先生、あの『大阪しぐれ』で本当の歌手になった気する。

『大阪しぐれ』の時、こんな日が来るの、分かってた気がするんだァ。

市川先生は二階のソファでそう独り言をつぶやいている。春美は鏡に向きあい、瞳が青く輝いているのを確めてから目を閉じた。瞳から一粒、青い輝きが粒になってはがれ落ちでもするように涙が頬に伝うのを感じた。先生、春美は歌手やけど、女です。春美はソファに坐った市川先生を想像し、ヘア・ドライヤーの機械音を耳にしながら心の中で独りごちる。歌に一途なまま、歌に翻弄されたまま齢をとりたくない。母が目を閉じた春美の後に立ち、髪に手をやり、

「今日こそお母ちゃん、しっかり聴かせてもらうよって」

と言い、無言のまま父親ゆずりの綺麗な髪だと言うように撫ぜる。

「テレビで京都のお父ちゃんも見てはる。西陣の織方さんらも見てはる」

春美は西陣の小路を想った。その小路は、昔も今も変っていない。西陣の人らは小路に沿っ

た家の中で機を織り続けている。小路を想うだけで、糸を撚《よ》ったり、織ったりする優しい機の音が幻聴のようによみがえる。春美はその糸に触れる優しい機械の音の中に生れ落ち、物心ついたのだった。機のそばに女らがつきそっている。機の音一つ一つに女らの喜びと哀しみの声がよじれている。西陣で織られる着物が高貴であえかなのは、糸によじれあった女らの声のせいだった。仕事熱心で、今も辻々の御地蔵様に花を供え祈る信心厚い女らの声。春美は西陣を想うだけで心豊かになる。年老いた父が西陣から離れたくないというのは心の底から理解出来た。父は春美の住む東京を嫌っているのではなかった。その小路に立つだけで快い緩い潮の流れに浸っている気のする、十年二十年世間の動きに関わりなく何ひとつ変らずあるような場所を選んでいるだけだった。春美は自分の声のよい部分はその場所のよい部分なのだと分かっていた。歌い方や歌に対する心構えは母や市川先生から教えられ、春美が習得し、春美が完成させたものだが、春美の声は西陣という京都のはずれに古くからある場所の賜物《たまもの》だった。伝統の織物を方々の地方から集まった織方の女らが習い、受け継ぎ、伝える場所。父と母が出会った場所。縦糸と横糸が織り合わされ、想像も出来なかったあえかな柄が現われ出る場所。東京の大劇場の楽屋にいて、芸能者として、歌手として最後の最後の今、そこを振り返ると、西陣はこの世の場所ではない気がする。

春美は目を閉じる。

ヘア・メイクの手が髪にかかり、ドライヤーの熱風が髪に当る。目を閉じたまま、

「なァ、お母ちゃん」

と春美は母を呼んだ。母は返事をしなかった。

「なァ」

春美は呼びかけた。母が自分の物思いから現実に戻ったように、

「なにィ」

とこころもちけだるげに返すのを耳にして、母に言おうとした西陣の場所の事ではなく、

「舞台で明るうやるのが都はるみやから」

と別な事を言った。

「元気な歌が都はるみ。明るい歌が都はるみ。八代亜紀さんとも違うし、水前寺清子さんとも違うよって、今日はめそめそせんとたっぷり都はるみさせてもらいます」

「都はるみする？」

母が訊き返す。

「うん」

と春美は答え、ふと母が妙な言葉遣いをきかされ、苛立っている気がして、目を開け、

「聖子ちゃんとか明菜ちゃんらがよう使うやんか、たっぷり都はるみの魅力を聴いてもらいますと言う事」

と説明すると、まだ春美の後ろに立って鏡に写った春美を見つめていた母が、

「そう言うのんかァ」

とどまどったように言う。

「舞台では泣きません。舞台見た記者の人ら、明日の新聞に、鉄の歌手、都はるみ、やっぱし固い鉄の意志と書くように明るく、明るく、歌うから」

「鬼の親に育てられた鉄の歌手てか？」

母は苦笑する。

髪をセットし終わり、母がお茶を入れかかった時、楽屋のドアをノックし、ヘア・メイクが応対に立つと、スタッフが、

「どうしてもこの人が自分で花束持って来ると言うので」

とドアを開けて言う。

「どうもありがとう」

と礼を言ってヘア・メイクが花束を受け取ろうとするのを、舞台衣裳をつけてソファに浅く腰かけた春美が何の気なしに見ると、どこかで見たような顔の作業着姿の男が、花束と椿の枝を一本持って立っている。男は春美を見つけると満面に笑をたたえ、無言でヘア・メイクに渡そうとした花束を高く差し上げる。母が、

「誰？」

と訊いた。春美は立ちあがりかかり、母にどこかで会った記憶の人だが分からないと首を振

り、大切な舞台の開演直前なので花束を受け取るのをヘア・メイクにまかせた。男が心もちわびしげな声で、

「おめでとう。よかったね、がんばって」

と言葉を掛けて引き帰りかかって、イワオという歌手志望の高校生だった事を思い出し、

「全国大会の決勝に出た人と違う？」

と母に言うと、ヘア・メイクが、

「椿の花、東京湾から運んできた運送会社の運転手さんんだ、とスタッフの人、言ってましたよ」

と言う。

「ぎょうさん、椿、要るやろなァ」

母がいまさら全国大会の出場者になぞ関心がないというように言う。

「あの人、家出してクラブの歌手になるて言うてた。今、運転手してはるの」

春美が言うと、ヘア・メイクも花束を持って来た男がレコード歌手の夢に破れ、クラブ歌手の道もあきらめ、今、運転手をしているという話に興味もないというように、

「運転手さんたち何人もかかって、『アンコ椿』の時にお客さんに配る椿の花のついた枝、通路に積み上げてる」

と言い出す。

その椿の花のついた枝は大島からフェリーで届いたものだった。花の季節には少し早い十二

月三十日の今日に間に合わせる為、大島の椿の林を一つ、ビニールをおおって温室のようにして準備したのだった。花のついた枝を切り、今日の為、椿は大劇場に運ばれた。歌を飾る小道具一つの為、何十人、何百人の手間暇がかかり、心がこめられる。そのうちの一人分の手間暇と心が、自分と歌を競いあった歌手志望の人のものだ、と思うと、春美は都はるみという歌手が贅沢極りなかったと今さら感じ、最後の最後の今、不安になる。歌手をやめる決断に何のぐらつきもないが、たとえようのない不安が体の芯のあたりで渦巻く。歌は力そのものだった。歌を殺さなければ、自分が歌に殺される。そう思い続けて刻々と今日まで来て、いま刃を振りかざし、胸なり、喉なり突いて殺そうとして、歌のほんとうの抵抗にあっているように不安になる。歌は歌手が歌うが、歌も歌手も、春美という肉体を持ち、声を持つ個人のものではない。歌も歌手も、聴く者、視る者らが皆でつくり上げる和のような、眼に見えない定かではない、力としかいいようのない物だった。春美はファンクラブが自分たちの手で、ワンマンショーの客のすべてに、無料でテープを配る企画を知っていた。ファンは金を出しあって色とりどりのテープを買い、配り、一等最後のフィナーレでそれを投げる事が、歌も歌手も共同の和であって、春美個人の勝手な理由でなくなったり辞めたり消えたりする類のものではないと、最後の最後に春美に教えたいのだった。その歌も歌手も、最後の最後では、単なる市川昭介先生のつくった歌、単なる都はるみという歌手、というものではないのだった。ファンは黴つきの歌、黴つき歌手なら、個人の所有するものではない、と言いたいのだった。ジャズでもフラメンコでも、サンバでもレゲエでも、タンゴでも、徴つきの歌は一切、個人のわがままが許されるものではない。楽屋にいたるところに飾られた花輪の花が最後の最後の今、春美を思いとどめさそうとして無言のまま物を言っていた。

母は物を言わなかった。ただ春美を見つめた。開演十五分前。超満員の客は席に着いているはずだった。カトレアが微かに動いた。次に眼を移した大輪の真紅の薔薇が、春美を見つめ、涙を流し、思いとどまれとつぶやいた。後ろの蘭がうつむいた。十三分前になって花々が幾種類もの違う声で、一途な気持ちの清算がついたなら、誰の為でなく、この土地の山河に満ちる草木の霊、鳥獣の霊の為、戻って来て、歌を歌って欲しいと口々に言った。春美は花々を見つめた。体の芯に渦巻いていた不安は嘘のように消えていた。椿が消え入りそうな声で、

「おめでとう」

とつぶやく。花々が急に明るく輝き、色を増す。開演十一分前になって、春美は、

「さあ、行って来ます」

とほとんど京都訛のない言葉を、花々に語りかけるように言って立ちあがった。

「しっかりお客さんに聴いてもらって来ます」

京都訛で母に言い、十分前にドアを開けてくれと打ちあわせたとおり、スタッフが開けた楽屋のドアの方に歩く。母が後ろで立ちあがるのが分かった。通路をスタッフの、

「がんばって」

という声援を受けながら小走りに歩く。着物の衣《きぬ》ずれの音が快い。春美はスタッフの案内で舞台の定位置に立った。明りがまったくなかった。春美は自分の息の音に耳をそば立てた。

開演のブザーが鳴るまでのわずかな瞬間、春美は自分が舞台の人工の闇の中に溶け込んでしまうのを感じている。この瞬間があるから春美から都はるみへ変わる事が出来たのだった。客が入場するまで一つのミスもないよう大道具や小道具、照明を担当するスタッフはリハーサルを繰り返し、舞台には、そのリハーサルの火照りがそこかしこに漂っている。その火照りは、リハーサルが春美の歌抜きだったものだから、冷たい青白い鬼火のもののようだった。中央にしつらえた階段も、橋のようになった台も、スクリーンも、青白い鬼火の火照りを闇の中に立った春美にじんわりと伝えてくる。人工の闇の舞台の上で物という物が、主人の春美を焦れながら待ちかねていたと訴えるように、火照りを伝えてくる。

春美はいま、闇の中で、この世の誰よりも美しい女人だった。歌の伴奏をする楽器の一つ一つ、舞台の大道具、小道具、照明の一つ一つ、それぞれが呼吸する物で心があるように、人工の闇に立った春美の呼吸に耳を澄まし、恋する心、焦れる心を一つに合わせ、統御してくれるのを待っている。舞台の闇の中で春美は声一つ、指の動き一つで、物の命を奪ったり与えたりするどころか、物を想像もつかない生物、蟇蛙《ひきがえる》とかやもりとかに変えてしまう能力を持つほどの女人だった。春美は闇の中で物を想像もつかない生物にするだけでなく、自分の身をも、自由自在に変えられるのを知っていた。歌を歌う歌手にその能力がないなら、レコードは一枚ですら買ってもらえない。『困るのことヨ』と『アンコ椿は恋の花』の違いは、『アンコ椿は恋の花』が春美のその能力を一気に引き出し、美しく開花させたからだった。その能力を持っている人は方々にいた。子供の頃、歌謡教室へ通う道すがら道草を食って八坂神社まで行き、生きた蛇を自在にあやつり呑み込みさえする芸を見て怖ろしさに震えたが、しかし、美しいとは到底言えなかった。暗い霧がかかり、もやがかかった沼の、千年もの時間、波立った事のないような水面にすくっと茎をのばし咲いた神々しい桃色の蓮の花、そんな美しさがなければ、世界の一、二の裕福な国になり、少々の金なら糸目をつけないという考え方になった人々に、レコードを何十万枚も買ってもらう事は出来ない。春美は呼吸をしながら、舞台の人工の闇の中で、幕の向う側にいて席に坐った客が、美しさだけで春美の最後の舞台を観に来てくれてはいないのを知っていた。美しい花は根を蟇蛙やいもりの棲む温かい水の沼の底にしっかりと張っていなければならなかった。蟇蛙やいもり。人の抱く疵《きず》。人が人として在ろうとすると受けてしまう疵。客は意識するかしないか、春美の声に含まれるその人の根本の疵を慰藉《いしゃ》する音色に魅かれ、集まり、今、その声が消えるのを見守ろうとする。ブザーが闇の中で、大昔、遠い架空としか思えない時代、昼と夜を別《わ》け、この世とあの世を分け、男と女を分けたように鳴り響き、幕が開きはじめる。明りが戻り、春美は都はるみとして語りかけ、歌った。

最後の最後の舞台だった。『浪花恋しぐれ』から市川先生の作ってくれた『夫婦坂』まで十八曲。フィナーレには明るい訣《わか》れの曲『好きになった人』。それで十九曲だった。都はるみの訣れの曲らしく元気に行こうと春美は自ら勧んで舞台を降り、観客席を一巡しながら、客の悲鳴とも怒声とも歓喜の声ともつかぬどよめきや拍手、掛け声にもみくちゃになり、客の投げる色とりどりのテープで、蜘蛛の糸にからんだ蝶のように歩き続ける事も出来ないくらいがんじがらみになって、歌った。どこに誰がいるのか、誰が最後の舞台を見に来てくれているのか、フィナーレの一曲前の『夫婦坂』までは分かっていたが、ファンや客の投げたテープにしばられ、歌を歌い、さらに先に歩こうとすると、何もかもが一切かき消え、ただ歌を歌っているこちら側に暖かいなつかしいものが自分を包んでくれているとだけしか感じない。春美は明るく陽気に訣れを歌う。

〽さよならさよなら　指切りしてね
固い約束　忘れはしない
恋をしたのも　泣いたのも
そうねあなたと　このわたし
好きで　好きで
好きでいるのよ　愛しているわ
さよならさよなら　好きになった人

歌の向うに何があるか分かっていた。物語ならこちら側につなぎとめようとファンのテープが体にからみついているのに、春美の体は人々の驚きと嘆きの眼差しの中で、ふうっとテープの網目から抜け出し、浮き上がり、大劇場の天井が割れて天空にかき消えてしまうところだった。春美は舞台に戻り、一瞬、逡巡した。歌った、という気持ち、歌い終えた時の充実感となにかを喪くしたような気持ち、誰彼なしに有難うと言いたい気持ち、何もかもがないまぜになり涙があふれ、自分が都はるみでもなく北村春美でもない、物語の女人になる契機をなくし、歌の向う側にただ茫然と立っている。

劇場内は潮鳴りが轟くように拍手が鳴り響き、春美の名を呼ぶ声が飛び交っていた。春美は涙を指でぬぐい、大きく息を吸ってから笑を浮かべ、アンコールでもう一回、『好きになった人』を歌い出した。心の中はからっぽだった。十六の歳から今まで、考えてみれば夢のようだった。歌い続け、恋もしたし訣れもし、また恋をしている。月並な歌手の青春と同じ青春が、見る人が見れば日本近代百年を代表する大歌手になる資性をそなえた春美にもあり、春美は月並というものにあこがれるように、今、歌の向うにいる。客やファンたちは、歌の向うの、冷たい鬼火だけが足元で燃えているようなところで、死者の魂が周りに礼を言い浮遊するように、有難うとさようならを言う為にだけ、アンコールを歌っている春美に、そこに居るな、こちら側に戻ってこい、と言うように、声を上げ続けている。春美にはその声がはっきり届いている。そこにいないで、もう一度、こちら側に、体に十重二十重に巻きついたテープをたぐって渡り直し、額にか、胸にかついた天成の大歌手の黴を甘受して生き直せ。月並な歌手の青春を羨やむのはよいが、月並をなぞって何が面白かろう。普通の女の一生を羨やむのは当然だが、蓮の花がくちなしの花になろう、朝顔になろうとしてみてどうなろう。ファンは叫んでいた。普通の女、普通の男であるファンの一人一人は、自分が自分の一生をしか送りようがなく、十把ひとからげに普通と呼ばれる人生なぞ生きてはいないのを知っている。ファンの一人一人は、春美が黴つきの歌手だから一層、黴に苦しみ、黴に泣くのを知っていた。黴こそ春美の歌が万人の心を揺さぶり、打ち、どんな固い心の扉でも開けてしまう力だった。春美にすれば何でもない歌だが、聴く者は涙滂沱《ぼうだ》となる。アンコールを歌い終え、春美の名を呼ぶ悲鳴のような声が、響音のようにこもっている会場に向って春美は手を上げ、

「ありがとう」

と声を出した。

自分の声がどこにも届かない気がした。それで春美は一段と高く手をあげ、もう一度、

「ありがとうございました」

と言い直した。

舞台の上で覚えているのはそこまでで、楽屋までどうやって戻ったのか分からなかった。ス

タッフやディレクターや司会をしてくれた女優、励ましに来てくれた歌手仲間や後輩らが、

「おめでとう」

とか、

「頑張って」

とか声を掛ける度に、ただ流れ続ける涙のまま笑を浮かべ、

「ありがとうございます」

と頭を下げ続けた記憶があるだけだった。春美は楽屋に戻り、付き人とメイクの係の女の子に用意してもらった椅子に坐った。一言お祝いを言おうと、もう楽屋の入口にまでやって来てくれている友人や知人らに会う前に、何か冷たい物を飲みたいと思った。それが都はるみの最後のワンマンショーを終えた最初の感想だった。コーラでもジュースでもよい。いや、色や味がついていない方がよい。山奥の岩場に人知れずこんこんと湧き出る清らかな水。秋は周囲の紅葉が映り、冬は氷ってしまう水。春美は自分がいま瀕死の傷を受けた鹿か兎のような気がした。その清水を口に含み、喉を潤す事で辛うじて傷の痛みに耐え、呼吸をしつづける力もわく。

春美は立って、水をさがした。スタッフの為にお茶もコーヒーもあるし、楽屋を訪れてくれる作詞や作曲の先生の為に、ビールも酒も用意しているが、水は水道の水以外どこにもない。メイクの係も付き人も、それを知れば驚き、とがめもするだろうと思いながら、春美は水道の蛇口をひねり、手で冬の水の冷たさを確かめ、グラスに水を汲む。グラスに口紅がつかないよ

うこころもち唇を開け、水を口に含み、自分が蛇のように口を開けると思いながら、呑み下す。それで心が落ちついたのだった。浪曲師が歌の山場で水を飲むように、そうやる事が天地開闢《かいびゃく》以来、芸能者の蘇生の秘法だったというように、春美は冷たい水が体に入って瀕死の傷が癒えたというように、飲み残しの水の入ったグラスを洗面台の上に音させて置き、

「皆さん、ありがとう。これで気が晴れました」

と付き人に声を掛ける。その声を合図にしたように司会の女優が笑を顔いっぱいにつくり、しかし眼に涙を揺れる宝石のようにたたえながら、

「春美ちゃん。よかった」

と言いかかり絶句し、嗚咽《おえつ》する。その女優の手を取り、

「ありがとう」

と言いかかると、観客席で観ていてくれた女性歌手、男性歌手が入って来て周りを取り囲み、

「頑張ってね」

「幸せにね」

と声を掛ける。

「ありがとう」

と誰に答えているのか分からないまま、春美は涙を流した。考えてみれば、女性、男性、先輩、同僚、後輩とわず、皆が皆、スターだったし、それ故に、ヒット・チャートで順位を競う

ライバルだった。花の盛りの歌手もいた。花の盛りを待っている歌手もいた。同じプロダクションに属す花の盛りの歌手が泣き崩れ、同僚の花の盛りをさがしあぐねている歌手に抱えられていた。春美はその歌手二人に、明るい声で先輩歌手らしく、

「がんばってね。テレビも観るし、コンサートも行くから」

と声を掛ける。二人の歌手は同時にうなずき、顔を上げる。花の盛りの歌手の顔を見て、マスカラが流れ落ちてグズグズの化粧になっているのに輝きが内側からあふれているのを気づき、自分が今の今までやっていた芸能を形にしてはっきり見た気がし、思わずその芸能が魔物なのだと言いたくなる。魔物は何もかもを変えてしまう。嘘なのか本当なのか分からなくしてしまう。流した涙さえ、焦れちりちり燃える恋ですら、あやかしの物であり、幻の物のようにしてしまう。春美はその魔物の美しい毒としか言いようのないものを、何とか解きたかった。魔物の毒に翻弄されたまま年取るなぞ許せなかった。魔物の毒は歌を歌う自分の声の中にある。

市川昭介先生が母と一緒に楽屋にやって来たのは、そのすぐ後だった。市川先生は、

「よかったよー。綺麗だったよー」

と、心では別の事を考えているように声を掛け、春美の顔を見て、魔物の毒を手をつかんで差し出しているような猛った春美の心を読み取ったように、

「春美ちゃーん」

と歌うように言い、スタッフ用の椅子に尻もちをつくように坐る。

「お母さんに話したんだけど、僕、春美ちゃんをお嫁さんに出したような気なの。いつでも帰ってこいよーって思ってる。お茶碗もお箸も、湯呑みも、歯刷子《ブラシ》だって前のまんまだからネーって、どこのお父さんだって、そう思ってる。そう思いながら歌、聴いてて、決して泣かないぞ、って思いながらずっと拍手してたから、ロボットみたいになっちゃった」

「先生、お母ちゃんのそばに従いていてくれはったのえ」

「お母さんと二人、ロボット」

「綺麗やった。ニッポンイチの歌手や」

母は立っている事が苦しいように、市川先生の肩に手を掛ける。市川先生が母の顔を見、あわてて立ちあがって自分の椅子を勧める。

「おおきに。すみません」

母は言い、素直に腰掛けた。

「お母ちゃん、ありがとう。市川先生、ありがとう。明日でほんまの最後。紅白で歌って、除夜の鐘、鳴って」

「ゴーンてかァ?」

と母が相の手を入れるので、春美が母の言い方に苦笑し、

「ゴーン」

と口真似すると、

「京都の家で聴く除夜の鐘、あんまりさびしいんで、三つぐらいの頃、春美泣いた事あるのえ」

と言い出す。

「先生、この子、三つぐらいから他所の子と違ってました。お母ちゃん、ああ、この子は違う子やなァ、と思いました。子守り唄歌うより、浪花節、歌って聴かせて育てたんやから」

「都はるみがァ」

市川先生がつぶやく。

「春美ちゃんが、除夜の鐘鳴った後、どうするんだろうって考えると、楽しいよ。料理つくって塩と砂糖を間違えるでしょ。お鍋を焦がすのはしょっちゅう。ゴルフに行くだろうけど、腕なんかすぐ上がんないから、余計熱が入っちゃってゴルフ焼けでまっ黒」

春美は声を上げて笑う。市川先生が笑う春美からそっと目をそらすのを見て、最後の最後の今、さみしさや哀しさではなく歌の魔力から一人逃れるわがままを怒っているのだろうと思い、

「同窓会では幹事にもなります」

と言う。

「他の人に幹事、もうまかせられへん。歌やめたら、それくらいしか出来ないから。その日一日だけ北村春美から市川先生の弟子の都はるみになって、他の弟子の人から会費取って、楽しい市川学校の同窓会つくります」

次の日の大みそか、殊《こと》のほか寒かった。取材記者は朝から張りついていたが、最後の最後な

ので取材をレコード大賞とＮＨＫの紅白歌合戦が終るまで遠慮してもらい、昼間は普段の日よりのんびりと過ごした。テレビのニュースで雪が日本の方々で降っているのを知り、春美は、その雪に閉ざされた村の家でも自分の一等最後の姿を見ていてくれるのだと思い、大気の寒さも雪も何かの暗号のような気がした。レコード大賞のテレビを見る人もＮＨＫの紅白歌合戦を見る人も、春美がもう歌の向う側に行っているのを知らない。春美はもう都はるみではなかった。それでも十二月三十一日の今日、都はるみと名乗って出るのは、二つの大きな番組で都はるみという名前を知ってくれる人々にはっきりと訣れを言いたいからだった。時間はすぐ経った。レコード大賞も、紅白歌合戦も、この時だけ、前日に歌をやめた春美が都はるみと名乗って出演する気持ちだったから、一層、緊張し、苦しく、特に紅白歌合戦で司会者からアンコールを乞われた時、苦しみはたとえようがなく、羽根をもがれ、蜘蛛の糸にがんじがらめになった哀れな蝶のようで自分が悲しくさえ思えた。都はるみは照明の当るそこに居ても居ないのだった。歌のないここにいても、歌に苦しむのは分かっているが、歌の場所の舞台にいると額にか胸にかついた徴が一層、肌に喰い込み、炎を上げ、ただ呻くしかない。春美はアンコールを歌わなかった。魔物の力を軽んじたくなかった。魔物の力を見極め、魔物の力を解毒も出来、折り合いも出来るなら、アンコールの一曲どころか、そこを都はるみのワンマンショーの場所にでも変えてやるが、今は羽根をもがれた蝶のように、羽衣を奪われた女人のように、人間であり続ける身をさらすしかなかった。春美は舞台の上で泣いた。芸能の毒に翻弄され、芸能を翻弄する黴つきの歌手から人間になりたいと思って歌を止め、最後の舞台となった紅白歌合戦で、人間であってしまう事に涙する。春美は唇を噛んだ。一つ一つの表情をテレビが捉え、雪の村でも人々が見ているはずだった。雪が降れば風景が美しく一変するように、天から、今、雪でも花でもよい、舞台に降りつもり、自分をかくして欲しかった。天から何も落ちてはこなかった。春美は唇を噛み涙を流しながら、天から何も落ちてこないのが、天の与える最大の罰だというようにうつむき、同時にこれこそ、黴つきの歌手の証だと心に思う。顔を上げ、涙は嘘だったとこぼれるほど笑を浮かべ、合図をオーケストラに送って声を出せば、天から雪でも花でも降ってくる。

除夜の鐘が鳴り、一段落してから、デビューしてから欠かした事のない電話の新年の挨拶を市川先生と星野先生にかけた。二人の先生が春美の歌に対する真意を誤解するはずがなかった。春美は歌を考え続けている。歌と戦っている。よしんば誤解しても、二人の先生を尊敬し続ける気持ちは真っすぐ伝わると思い、春美はダイヤルを廻す。

「明けましておめでとうございます」

春美はいつもと変わらない言い方をする。

「今年もどうかよろしくお願いします」

春美は胸の中で言葉に何をつけようと思いながら、紅白歌合戦の楽屋で都はるみを育ててくれた事の最後のお礼を言った市川先生の顔を想像しながら、呼び出し音を耳で聴いている。受

話器を取る音がし、

「はい、はい」

という市川先生の声を聴いてから、はっきりと、

「都はるみです。新年明けましておめでとうございます」

とまず言った。市川先生が驚いたように、

「はるみちゃん?」

と訊き直す。


〔昭和62(1987)年4月12日〜10月11日「サンデー毎日」初出〕

あとがき

ニューヨークから東京への便は、マンハッタンの「ヌーヴェル・フロンティエ」で切符を買ったので直行便ではなく、二度カナダで乗り換えるめんどうくさいもの。というのも、自費で外をほっつくのがくせだから、一ドルでも安い方がよい。しかし、くたびれる。成田空港にまで迎えに来てもらった友人の車に乗り、東京に入るあたりでは、いつも身も心もくたくただ。外でのバカッ話するのにもあきてラジオをつけると、都はるみが歌っている。その衝撃を分かってもらえるだろうか？　衝撃は深く、多岐に亘る。この小説を書きながら、歌と物語について考え続けた。さらに物語と芸能が乖離《かいり》したのはいつからの事か？　とも問うた。歌謡曲とは現代によみがえった語り物文芸だと思いが昂じ、都はるみはもとより、村田英雄を北島三郎を森進一を歌った。小説執筆の過程で多くの人に世話になった。市川昭介氏、星野哲郎氏には忙しい時間を割いてインタヴューに応じて頂いた。コロムビアレコードの中村一好氏は、私のカラオケ仲間である、が同時に歌謡曲論の論争相手であった。北村春美（都はるみ）氏は、ふなれな私の京都弁の指南役だった。「合ってるかなァ」と訊くと、氏は唇を可愛くへの字に曲げ、「うーん」と考え込み、「まァ、いいんじゃない」と笑い、「紀州風京都弁だけど、これは小説だから、フィクションだから」と言い出す。この『天の歌』は新進女流編集ディレクターである加島多恵子氏の並々ならぬ膂力《りょりょく》のおかげである。というのも、一回として締切りを守った事がなかったのである。その他、K②、「サンデー毎日」の方々、オフタイポ、印刷所の方々にも謝意を記したい。ありがとう。楽しかった。カラオケ酒場で会った読者の方々、都はるみのファンの方々にも、この際、謝意を記したい。

昭和六十二年十月十三日　伊豆・下田で

中上健次

〔昭和62（1987）年11月『天の歌　小説 都はるみ』所収〕

エッセイ　都はるみ

都はるみに捧げる

人伝てに、週刊本（朝日出版社）の依頼が来て、ペーパーバック風な造本が面白いから、快諾の旨を伝えたのだが、それから、わが愛する演歌の女王都はるみに捧げる週刊本を造れないか、と考え続けている。題も「都はるみに捧げる」。

PUNCHの読者には文壇の奥深くなど関心ないだろうが、都はるみの引退宣言で衝撃を受け、悲しみ、荒れている御大は多い。文壇内では大家と遇される人だ。たとえば安岡章太郎。『私の昭和史』を出し、『世紀末大サーカス』では大成功を収めたからか、元気がよいし、攻撃的だ。この間も「朝日ジャーナル」の鼎談《ていだん》の席で脈絡なく、都はるみ論をぶちはじめ、「日本の演歌はこれで終りだな」と同意を求める。

「他にびっくりするくらい歌のうまいの、いるけど、都はるみは、ガラカクがいいんだ、情が残るんだ」

ガラカクとは安岡造語の一つで、ジンピンコツガラとかヒトガラとかと言う言葉のガラとジンカク、コッカクと言う言葉のカクを取ってつなげた意味。漢字にすれば、柄格、とでもなるか。

安岡サン、「いいんだなァ」とうっとりしていて、ふと思いだしたように、「ナカガミ」と言う。アクセントがカの音についた高知訛り。「ミナカミツトムが」これは普通の言い方。「怒っていたぞ。会ったら、殴ってやるって」

堅物剛健で鳴る朝日ジャーナルの編集委員千本《せんぼん》健一郎が、話を鼎談のテーマにつなげようとして、「はァ、水上さんがね」と受ける。「違うんですよ」私はあわてて、弁解をする。水上勉が怒っているのは私もうすうす勘づいていたので、

「水上さんは、ボクが都はるみと対談したって怒ってるんですよ。ヤキモチですよ」と言う。

「だけど彼は本気だったな」

「安岡サンも怒っているのですか?」

「怒る怒らないって……」安岡サンは胸の内の嫉妬の炎を指さされてあわてたようにムニャムニャと言い、「都はるみはもう出てこないんだ」。

かようなほどに、都はるみの引退宣言は文壇内を揺さぶっている。

＊

そのはるみのNHKホールでのリサイタルの招待券を、「写楽」の写真大賞表彰式の席で、同じ審査委員だった長友啓典《けいすけ》から頂いた。

券を欲しい、観に行きたい、と言っていたので、私たちの中では、何故か、会長（ちなみに私は、ブンゴウと呼ばれ、篠山紀信は巨匠、坂本龍一は教授）である長友さん、かけあって貴重な招待券を手に入れてくれたのだ。しかし手に取って日にちを見ると、リサイタルの日は、のばしにのばした雑誌の原稿の締切り、会合、韓国のパーカッション・グループ「サムルノリ」のリハーサル、原稿の打ち合わせと重なっている。

招待券を手にし、とびあがらんばかりの嬉しさと、「絶対、行けそうにない」「絶対、行くべきだ」と心の中のスケジュール調整で乱れに乱れ、当然の事ながら、ハイの状態になる。

写真大賞の受賞者のスピーチがはじまるや、合いの手を入れ、教授こと龍一に「ブンゴウにあるまじき言葉の乱れ」、巨匠こと篠山サンには、「ハイになったついでに、原稿書いたら」とからかわれる。

いずれここで篠山紀信の新しい写真展開である三台のカメラによるシノラマと、『ソウル一九八四年二月（輪舞するソウル）』について絶賛の論を張るが、その原稿が大幅に遅れているのだ。ゴメンネ。

また一つ、会長と巨匠に借りが出来たと思うと、ますますハイになった。それに、第一回目の写楽大賞の「梅田交差点一〇三人」がよかったし、作者の二十一歳の中西隆良クンが爽やかでよかった。くわしくは「写楽」を見てほしいが、そこに個人賞があったのだ。

坂本龍一賞、篠山紀信賞、長友啓典賞、と並んで中上健次賞。

私が選んだのは、阿部秀雄クンの「少女ポートレイト」。選評を立ってのべた。「写真などちっともよくない。セーラー服のスカートをちらりとまくり上げ、美事にうまそうな大根足をみせた少女のかわいらしさとたくましさがいい」それから、受賞条件に少女を連れてくる事とつけ加えていたのに、受賞式に彼女がいないのはどうしてか、と編集者や作者の阿部君に食い下った。阿部君が受賞スピーチをした時は、少女は今、どうしているのか？　少女と作者の関係は？　と質疑を繰り出し、ブンゴウにあるまじき言動だと、巨匠、会長、教授からたしなめられたのだった。

水上サンが怒るように、私も阿部クンに本気で怒っていたのである。

写楽写真大賞はかようなように、本気で、マジメ、自由で飾らない賞である。

＊

やっぱ、都はるみのリサイタルに行けなかった。

もうぎりぎり、これ以上ダメ、と言うので、しかたなく私は喫茶店で時計をチラチラみながら、「國文學」と言う固い雑誌に連載している円地文子論のつづきを書いていた。

開演ぎりぎりになって、原稿を待ちつづけている「國文學」の牧野十寸穂《ますほ》サンに、「このままでは原稿書けない。終る頃までに原稿を仕上げますから、せめて、かわりに行って観てきてくれない」と頼んだ。

牧野女史、内心では、シメタと思っているのに、困惑した顔で、

「原稿が――」

「行かないというのなら、ボクがいま、原稿書くの止《や》めて行きますよ」

「センセイ、困ります」

「では、すぐ行ってヨ」

「大丈夫でしょうか。お逃げになられるのではないでしょうか」

「お逃げになりませんよ。私の本業はブンガクですからね。書く事だから。本妻は円地文子、妾《めかけ》が都はるみ」

「國文學」の牧野女史、「まァ」と声を上げ、私の言い方が、ブンゴウにあるまじき下品な物言いだというように観る。内心は、それならステージを最初から見なくちゃと思っているのに、渋々と立ちあがり、気がないように「それじゃセンセイ、お逃げにならないで、円地論書きついで下さいね」と言い、ふり返りふり返り喫茶店を出てゆく。

都はるみ様、ごめん。円地文子が悪い。心がちぢに乱れる。

＊

しかし考えてみれば、子供の時から、このちぢに乱れる感情は、私には常時あったのだ。浅田彰が言うよりもっと本格的なスキゾ・キッズであった。「おまえは気が多いんだよ」先生も

親も、私をそう言った。

子供の頃の習性を今の今に至っても引きずり、スケジュールを組立てるにしても絶対不可能に近い状態を平気でやっている。

坂本龍一と会って話していると、私は音楽について考えつめ、聴いたり批評したりする事にとどまっていられず、音楽の中に神隠しに遭うように音をこの手でつくっている気になる。

つかこうへいに会うと、つかこうへいのテレビドラマの話から、私はテレビに神隠しに遭うようにテレビの劇の独自性を考え、まるでこの道、何十年というシナリオ・ライターのようになってしまい、つかこうへいにNHKのテレビドラマを書くから、NHKのプロデューサーを紹介しろと半ばおどしている。

「だけどよ、ナカガミノ」つかこうへいは、ホラ、もう、『腹黒日記』のつかこうへいだ。

「女装癖の秋山が、うるせえんだ。あいつ、ギンチャンにホの字だァ」

つかこうへい、ひょっとすると立松和平の真似しているつもりか、宇都宮訛りを語尾につける。

「俺がナカガミノをNHKのPDに紹介するンだろォ。とすると、たとえナカガミノでも、俺ンとこの、平ン田とかァ根ン岸スを使う仁義つうもんを知ってるもんね。秋山ァ、風ァ間杜夫ォ、惚れてっからよォ、ナカガミノと風ァ間、チンチンカモカモになっちまうってよォ、ヤキモチ、ベッタリィ焼くンでねえかっつうの」

何の話だったっけ。あッ。スキゾの話。思わず浅田彰を思い出して、テレて、横とびしたようだ。

かような事例を出せば、シノラマの原稿の遅れは、私の生まれついての気の多さから来る事、巨匠にも会長にも納得してもらえるだろうが、考えてみれば、こんな頭で純文学をやっているのだからね。いや、こんな頭が、境界を越え、他のジャンルの最先端と衝突し混乱しているのだから。

言語の帝国主義が、言語を意図的に危機にさらしているとカッコよく言えば言えるが、単純に言えば、どうしようもないのである。

このエッセイも都はるみに捧げる。なんのことや？　都はるみにそう言われるのは、目に見えている。

〔昭和59（1984）年12月24日「平凡パンチ」初出〕

ふたたび都はるみに捧げる

いま、遠野に居る。『遠野物語』のあの遠野。このところ俳句づいていて、「俳句」という雑誌で俳人・角川春樹との対談の為に、この地を選んで来たのだ。

この対談の前に、私の作品の一つとして、映画『火まつり』を春樹に見てもらった。というのもこれは私の初のオリジナル・シナリオだし、春樹と私の共通点である縄文というものの具現・結晶である火まつりが、映画の真中に出現する。

火まつり、正確には、御燈祭《おとうまつ》り。二月六日、紀州、和歌山県新宮《しんぐう》市の山の上で行われる。神聖な男だけの火まつりであるが、男である限り参加を拒まない。行ってみたいと思う者は、「平凡パンチ」気付で私に連絡を。

その特別試写の席に、「月刊カドカワ」の編集者が何人かいた。「月刊カドカワ」の植田女史、オレにホの字だ（ハの字とすべきか、ヒの字とすべきか）。植田女史がいると、周りにオレにホ（フ・ヘ）の字の男の編集者なんか、ケガラワシイと寄せつけない。

「そうだよな。つか」。つかこうへい、あっ、今日もまた立松和平がつかのふりをしている。

つかこうへい（立松和平）うなずく。

「秋山がァ『火まつり』の試写、特別にやってくれるって言うんでェ。来たい、来たいってェ、言ったんだァ。だけどォ。あいつゥ。ナカンガミィノォのォ、映画だからァ、どォせ、男組のォ映画だってェ、女装して来るッテ言うからよォ、やめろォ、やめてけれェ、とオラ、とめたンだァ」

「わかった、立松。おまえはいつも正しい」

「つかだっつうのにィ」

そうやって騒いでいる席で、植田女史、秘かに一本のテープを渡してくれ、「あとで聴いて下さい」と言うのだ。

＊

なんだ、なんだ、誰かのベッドでの睦言の盗聴テープか、かい人21面相脅迫テープかそう疑って見ると♡を二つも三つも書いている。思わず顔赤らめた。満座の中で、♡のテープだ。また愛の告白か。

よく俺は男の編集者から人気のないバーに引っ張り込まれたり、ホテルや旅館に連れ込まれ、ギョッとし、さあ、カイて下さいって迫られ、

「可愛い顔してよく言うよ。ファッション・マッサージ嬢じゃないって言うんだ」

と居直り、三木や鈴木っていう可愛い顔の男ら、もだえ苦しむのを見て楽しんだものだが、さすが女性の編集者だ、新手の愛の告白を考えついたと感心し、いつも持ち歩く、鞄の中に放り込んだ。それっきりそのテープを忘れた。

というのも監督の柳町光男や西武のつつみ浩二、シネセゾンの沢木を連れていたし、オレの実家の土建屋で働いていたのを、オヤジと喧嘩までして引き抜いて『火まつり』の主役に据えた中本良太がいたし、つかこうへい（立松和平）が一緒だ。だから、そんな女の愛の告白テープなど思い出して耳にしてみようと思うゆとりもない。

つかこうへい（立松和平）、可愛い女の子連れていた。六本木の中華料理屋で紹興酒飲みはじめ、つかこうへい（立松和平）が便所に立った隙に女の子の電話、訊き出してやった。つかこうへい、席にもどって、女の子の微妙な変化に気づき、

「気ィンをつけろよな、手が早いッからよオ」と言いはじめたのだ。よく言うよ、宇都宮の安キャバレーで、店に入った途端、オバンであろうとガバッと抱きつくの、東京まで聞こえてきているぜ、と思ったが、オレは黙っている。

その夜は随分店を廻った。はっと気づいたのが午前四時。そばにいて俺の鞄持ちしているのが、中本良太ひとり。主演俳優がオレの鞄持ちしていると思わず悪いという気になるが、こいつとは、作家と俳優ではなく、土方の親分と人夫という上下の身分の違いがある。

というのも、ひとつ間違っていれば私は家業を継いで親方になっていた。今でも、「作家、やめた」と言えば、親方になる道は、残されていると思っている。中本良太は俺の実家の土建屋で、人夫をやっていたのだ。人夫を抑えるのは親方の役目だっつう事さ。民主的な親方などありえない。

親方の気質と一等似ているのが、今回は柳町がやった映画監督だろう。そう考えると、人夫は生れついての俳優だし、技術者は、スタッフ。現場監督は助監督の位置、という事になる。映画がおわって飲みつづけていた十二時間のうちに、一人帰り二人帰りして、はっと気づけば、中本良太ひとり鞄持ってそばにいたわけだ。その日の朝八時に上野駅に行かなければならない。それで一計、中本良太に起きてそばにいろと命じた。

「七時に俺を起こせ。起こさんと承知せんど」

人夫と親方の関係だから言わば命令は絶対だ。

＊

ハッと気づくと、ボンヤリとした顔で、良太、枕元に立っている。

「七時、七時」

七時に起こせと言った言葉をすっかり忘れ、何を朝はやくからバカな事いっているのだとオレはムカッ腹が立ち、

「そのあたりにある毛布でも被って寝よ」と言いつけて眠りに戻り、ウトウトとして、ハッと気づき、とび起きる。

とび起きて、毛布にまるまっている良太を、

「何さらしとるんじゃ。七時に起こせと言うたんじゃのに」

とどなりつける。寝入りばなをたたきおこされトロンとしたまま良太は、

「七時に起こした」と弁解する。

「起こしたも何もあるかァ。それが証拠に、オレは眠っとったじゃないか」

人夫役の中本良太、理不尽の言い草にさすがムッとしている。それで、頭をこづかれる。

鞄を抱えて上野に向い、すべり込みセーフと言うところで、「俳句」の編集者らと落ち合ったのだった。

*

遠野に来て「曲がり家」なる民家に泊まり、無事対談をすませ、次の日、角川春樹と夜の囲炉裏ばたでの酒盛りを約束し、私は一人、遠野の町へ出た。遠野の喫茶店に入り原稿でも書こうとして鞄の中をひらいて見て、その植田女史にもらった♡のついたテープを見つけた。何だったっけ、としばし考え込んだが思い浮かばない。

それで、手持ちの機械もないし、喫茶店にも置いてないので、電気屋に行って、聴かせてく

れと頼み込んでみる事を思いついた。田舎の電気屋の事だから、乾電池の一つか二つ買えば厭な顔される事もなかろうが、植田女史の愛の告白ならどうしよう、うつうつとしながら、いや、嬉々としながら、電気店におもむいた。

丁度ウォークマンがあったので、丁度いいやといじくり廻し、

「これ、ちょっと聴いて見たいんだけど」とテープを店員に渡した。店員、私がウォークマンに興味があると思って、「いいすよ」と♡のついたテープを取り、かける。

店員、ヘッドホーンをウォークマンに差し込み、音が出ているかどうか調べるように耳に当て、

「これ、誰? 都はるみ?」

と訊く。えっと私が驚く。

ヘッドホーンを耳に当てると、おりしも、

「ケンジ、アンコール。アン、コール」

と都はるみの掛け声がとんだ場面だ。

驚き、興奮すると、たちまち病気が現れて、突拍子もない行為が飛び出すのが私の習性だ。テープは都はるみと対談した折に、夜彼女と出かけていったゲイバーでの、カラオケ競演のものと知れたのだから、私が、

「これ下さい」

と即座にウォークマンを買ったって不思議ではない。

電気屋のアンチャン、こんな気前のよい客はめずらしい、というように見て、そこが田舎の人間のいいところで、落してここに傷がついてるんだけど、とウォークマンの角を見せる。

「いいんだよ」

私は都はるみと私のデュエットを邪魔されるとでも言うように、店員の手を払うのだった。

＊

『遠野物語』のあの遠野で、都はるみとのデュエットを聴く。よいんだ。駅前のガランとした喫茶店で一人、ヘッドフォンして聴き入り、ジーンと胸つまらせている。幻がわき上がる。土方の親方たる私も、都はるみにかかれば、十八歳の少年だ。ここは遠野だよ。泊まった「曲がり家」は「北の宿」だ。今晩、約束した角川春樹との囲炉裏ばたの酒盛りでは『北の宿』を歌おう。あなた、変りはないですか、って。はるみ様、もう二十数日で歌をやめてしまうんだよね。

〈昭和59（1984）年11月15日「平凡パンチ」初出〉

都はるみ　最後のヒノキ舞台

〈ついてゆきます夫婦坂〉

歌う一節一節が、一歩ずつ踏みしめる足に力を込めて〈その時〉という坂道をのぼっていく都はるみの姿と重なる。

〈その時〉とは、都はるみが二十年の歌手生活の終止符と定めた。昭和五十九年の十二月三十一日NHK紅白歌合戦の大トリの一曲。

一番を歌い終え二番に入る。

デビューして二十年、幾つも放った大ヒットの喜びも、方向を見失ったようにはるみ調ではない歌をうたっていた時期の苦しみも、この一曲に籠められている。

〈曲がりくねった坂道だけど〉

まるで今の都はるみそのものを歌ったような『夫婦坂』の二番だ。

〈その時〉の今、国民の八割が注視している紅白の晴舞台で、都はるみは自分を歌っている。

しかしそれだけではない。

一歩一歩、足を踏みしめ坂道を行くのは、注視し、耳を傾ける一人一人の姿でもあるのだ。

〈ついてゆきます夫婦坂〉

音程が上下にずれる。

その上下のずれが都はるみと聴衆の呼吸のリズムとなり、最後〈めおとざか〉でふうっと軽くなり、まるで都はるみ一人、〈その時〉の彼方に舞い発ち、聴衆だけが〈坂〉の途上に残されているような感じがする。

その聴衆の心の内の空漠感を埋めるように涙がにじみ出し、拍手が自然とわき起こる。〈その時〉が本当に来たのだ。

〈その時〉が都はるみを連れ去ってしまったのだ。

もちろん都はるみは舞台上に居る。

しかし頭を下げたまま祈るように泣き入った姿は、歌う都はるみと、それを支えてきた生身の二つに分離した苦痛に耐えているように見える。

その頭を下げたままの都はるみに、紅白両軍の歌手たちが駆け寄り励ます。

歌手たちの眼に涙が光っている。

おそらく、誰が見ても都はるみと歌手たちのこの光景は、美しいと言うだろう。

これは紅白歌合戦というれっきとしたテレビの歌謡番組であり、それなら当然、様々な演出が入っているのであるが、この光景は演出のわく組、テレビというわく組を超えて胸に迫る。

同じような光景を、私はその前日、十二月三十日の新宿コマ劇場での都はるみワンマンショーでも見た。

その時はワンマンショーの途中で、ほとんど普段着の歌手らがゾロゾロと舞台に勢揃いしたのだった。

コマ劇場では坐ったのが前方の席だったので、休憩が終る寸前に歌手たちが一人二人と席に着きはじめると、周りから、明菜が来た、聖子がいる、と私語が聞えたのであらかじめわかっていたが、いざ舞台に上がり、都はるみが涙するのを見て、総じて地味なくすんだ服の歌手らが輝きはじめた気がしたのだった。

松田聖子はくしゃくしゃな顔をして泣いている。水前寺清子、八代亜紀、五木ひろし、桜田淳子がいる。

西城秀樹がふて腐れたように立っている。そのふて腐れが実によい。

私は歌手らの表情と、声詰らせ、涙を流す都はるみを見ながら、その光景も演出の意図を超えた感動を引き起こしているのを知った。

考えてみれば、私たちは、このような光景を記憶の奥に刷り込まれて育って来たのだ。

幾つもの民話を例に出せば、どなたでもああそうかと納得してくれると思う。

松田聖子が泣きじゃくる。都はるみが涙をふいてやり、礼を言う。

つまりここでは都はるみは、怖ろしいオロチや大ヒヒに人身御供《ひとみごくう》にされる娘だ。取りあえず今回は都はるみだが、次は松田聖子かもしれない。八代亜紀かもしれない。〈その時〉に娘らは取って喰われるのだ。

都はるみはさらにかぐや姫でもあるのだ。〈その時〉という彼方に連れられて行ってしまう都はるみを、歌手仲間たちが泣いて慰めている。

そうだ、都はるみに限らず歌舞音曲をなりわいとする人間らは、常人ではない。常人と違うからこそ高い舞台に上がると栄え、スポットライトを当てられ、輝きが増す。

かぐや姫から羽衣伝説の天女までは、つながっている。

三十日の都はるみワンマンショー、三十一日のNHK紅白歌合戦で、私たちは演出やテレビというわく組を超えた原型的なものを都はるみから見い出し、感動していたのだ。

三十日の都はるみワンマンショーを見に、歌舞伎町の新宿コマ劇場に足を運び、列をつくって入口から入ろうとする人やキャンセルの席を狙って待っている人の群、さらに私にまで切符を売らないか、と声を掛けてきたダフ屋を見て、あらためて都はるみが、もう都はるみを超えた存在になっているのに驚いた。

TBSが葉書申し込み順に無料で出した切符は、ダフ屋の手にかかると、三万円の値になっていると聞いた。

喧噪は劇場の外だけでなく、中にも渦巻いていた。レコード会社やプロダクションの出した出店にファンクラブとは到底思えない普通のオバサン、オジサンがむらがり、都はるみと名の入った湯呑み茶碗やら掛け時計の類を買っている。年齢層は高く、男より女の姿が目立つ。言ってみれば、子供を育て上げたオバサンの年齢の人がロビーを動き廻わり、自分らのまき起こした喧噪に茫然としてしまったようにたたずんでいる。

考えてみればデビューして二十年、都はるみは日本の高度成長期を歌い抜いた歌手だったのだ。まだ新幹線の走っていない時期から、ハイテクの今までを歌ってきたのだ。高度成長期に都はるみの明るい演歌を耳にし、ひょっとすると心しなければ息が切れてしまうかもしれない〈坂〉の今、オバサンたちは『夫婦坂』を耳にしている。

喧噪の中にいると喉が乾き、それで私は売店のある二階に行った。ジュースを買って奥のソファに坐り、飲み終えてから、ソファに坐ったのが男ばかりで、下のオバサンらとは違って声もなくもの静かな事に気づいた。

下のオバサンらの喧噪と二階の男らの沈んだような表情は、〈その時〉に至る都はるみを受け止める表裏一体の心情と私に思えた。場内が暗くなり、スポットライトを浴びて登場した都はるみに拍手が起こり掛け声が一斉に飛ぶのを聴いて、私はオバサンらが喧噪をつくり出し、男らが沈んだ顔をしている意味が解けた気がした。

つまり、〈その時〉とは、死の事だ。

都はるみが引退宣言をし、私やオバサン、オジサン等のファンのみならず誰の目にも、都はるみがそれまでよりも一層眩く輝いていると見えはじめたのは、歌手としての都はるみが自殺をしようとしているからなのだ。

自殺は当の本人には得心の行く事であるのかもしれないが、周りの者には、不条理だ。どんなに考えてもいつまでも謎として解きあかせず、自殺の周りをぐるぐる廻るだけだ。

私の突拍子もない連想だが、その時、楯の会をつくり後から考えれば予告めいた事のあった三島由紀夫の自裁を思い出したのだった。もちろん都はるみは楯の会めいたものとも無縁だし、都はるみに使う自殺、死という言葉は、一種の文学的メタファーであるのは充分自覚しての事だが、昭和四十五年の三島由紀夫の死と昭和六十年の都はるみの歌の死は同じような意味が幾つも見える気がするのだ。

少し難しくなるが、三島由紀夫と都はるみの第一の共通項は歌というものだ、と思う。三島由紀夫において歌とは、漢詩という緊張した公的性格をもった表現形式に対立する私的な情のもの。しかし、三島由紀夫は歌にのめり込まなかった。

都はるみは歌謡曲でその歌を可能な限り表現してきた。

三島由紀夫は予告していた。考えられる限りもっとも激しい方法で、そうすれば一挙に歌を回復出来るように肉体を斬って自裁した。

都はるみは、今、歌を捨てるのだ。単純に都はるみから北村春美に戻るのでなく、肉体を斬るような意志で歌手の部分を自殺に追い込むのだ。

そう考えると、自殺を予告した都はるみを私たちは見守るしかない。ただオロオロするしかない。

方々から様々な声と様々なやり方で掛け声がかかるのを耳にしていると、舞台上の都はるみが、一層美しく見える。

歌が始まる。

掛け声の波が引き、一番を歌い終るとまた拍手と掛け声の波がおしよせる。そのライトに照らされた都はるみを見て、ふと私は、今日は都はるみをばらばらにして喰いちぎる為に、ファンが集ったような気がした。

それも猟奇的な事件のイメージではなく、一種宗教的な崇高な儀式としてである。オバサンらの昂ぶりの果ての喧噪も男らの沈んだ表情も、この宗教的な感じを察知しての事ではないか、と考えた。

都はるみは舞台上で歌う。

みっやっこォ、とか、はるみいとか飛ぶ掛け声は、宗教的な祭儀空間を整えた聴衆の、都はるみに対する本当の意味の励ましなのだ。ファンの送る拍手と掛け声を耳にし、歌を耳にしていると、都はるみを大歌手に仕立てたのも聴衆であり、今、予告した自殺を無事決行させようとするのも聴衆だと思えてくる。

都はるみは聴衆の負のエネルギーを身に受け、自殺しようとしている気がする。もちろん、そんな事は、私の妄想にすぎない。都はるみの歌声と共に二十年歩んで来た聴衆は、ただ〈その時〉に至る都はるみを見取りたいとしてここにいるだけである。

舞台上の都はるみを女性歌手というより、巫女《みこ》の一変種と取り、ファンたる聴衆が巫女の犠牲を要求していると視るのは、小説家特有の物をはすかいに視る類の習性にすぎない。


都はるみが歌い出した歌を聴いて、私はいまさらながら都はるみという歌手が独得な唱法を身につけているのに気づいた。『浪花恋しぐれ』『惚れちゃったんだヨ』『馬鹿っちょ出船』と続くレパートリーの曲目から、幾つかの特徴が浮かび上ってくる。

多く市川昭介という作曲家の手になるレパートリーの曲は、演歌という言葉から反射的に受け取る印象とは逆に、明るく軽快である。その曲の明るさ、軽快さを受けて、都はるみの声は明るい。ただ声の質は単純に軽くはない。

『おんなの海峡』で示されたように透明なしっとりした質感を持った声が、軽快な曲に出会い、さらに独得の喉を絞って声を出す〝うなり〟を加え、思ってもみないような味になっている。『恋と涙の渡り鳥』『困るのことヨ』『はるみの三度笠』『アラ見てたのね』等の曲は、この味を充分活用したものと言える。

着物姿で、舞台を端から端まで使い、動きながら歌う都はるみの独壇場なのだ。

市川昭介の作曲ははっきりと都はるみという個性を把《と》らえている。というのも透明な日本語のしっとりした質感の声に含まれる実に明瞭な発音という美質を拡大し、浪曲、義太夫等の歌法を一部取り入れ、高度成長期の聴衆の耳にはこの明るさ、軽さこそ好ましいというようにコミカルな味さえ見せる軽さに徹する作曲なのだ。一度耳にすれば耳に残り、一体何をあんなに楽しげに歌っていたのだろう、と耳を傾けさす力を持つ。

ただ都はるみの声をもたない限り、曲の意図する高度成長期特有のライト感覚、明るさ、華やかさを表現しきれない。

これは都はるみは『おんなの海峡』で示したように森昌子が得意とする演歌の世界を表現出来るが、森昌子は都はるみの明るく軽い世界を表現出来ないという事でもある。小林幸子ではくもりが出来、八代亜紀の声では重くなる。水前寺清子は明るい声であっても透明度が問題になる。

もちろん、そう言って他の女性歌手をおとしめているのではない。水前寺清子の声の幾つかの音が彼女の歌の魅力をつくり、重い声の質があるゆえに八代亜紀は情念を前面に出すような歌が出来、トラック野郎らをひきつけているのだ。

都はるみは何度も涙ぐみ、涙を流した。一番を歌い終って間奏になると、その都度こみあがってくる思いやファンの掛け声から自分を立ち直らせようとするように、手で拍手を取り、気持ちを歌に集中させるように口で節をなぞる。

その都はるみを見ていると、胸が詰まる。陽気に明るい歌を歌い続けた都はるみが、三十一日の紅白歌合戦の〈その時〉に歌手都はるみを国民の大多数の見る前で殺す為に、いままで自分を支えてきた歌たちを慰藉し鎮めるように一曲一曲丁寧に歌っているように見えてくる。一曲一曲はその都度のヒット曲である。

思い出はある。

私たち歌謡曲ファンが曲を耳にして過去の光景を思い出すように、歌う本人にも必ず記憶がついてまわる。作詞作曲者から曲を渡されて何千回何万回と歌ってきた曲も、都はるみとして聴衆の前で歌うのは、それが最後だ。

都はるみは歌う事によって歌を慰藉し、さらに歌う事によって肉つきの面となった歌をひきはがし、殺し、満員の聴衆はただ確実に一歩ずつ〈その時〉に突きすすんでいる都はるみを興奮の昂まりと共に見つめている。

どう考えても宗教的祭儀のように私には見える。

その一回目のクライマックスは、高いせり上がりに立って歌いはじめた『涙の連絡船』からはじまった三曲の時におとずれた。何十回、何百回と耳にした『涙の連絡船』だったが、驚くほど新鮮だった。

新鮮な発見もあった。

いつぞやの紅白歌合戦で歌った時に「汽笛が、汽笛が、汽笛が」とつづくくだりを抑制した歌い方で歌った時も新鮮だったが、今回は「忘れられない私が馬鹿ね」と張った後、「連絡船の着く港」と引いて納める部分に関してだ。

引きが美事だというのもそうだが、一瞬連絡船という歌詞の部分が、「思い切れない未練のテープ」で知られる『連絡船の唄』という歌をうたった菅原都々子のもどきに変り、さらに元の都はるみの唱法にもどるのだ。

注意深く聴く者だけに分かる都はるみの実力を示す一瞬の変化だが、明るさ、軽快さの都はるみの元々の透明なしっとりした質感の声は続いて歌われる『北の宿から』では、いかんなく発揮される。

もともとフォーク調のこの曲は、作曲者が市川昭介ではなく小林亜星である事を見ても分かるように、都はるみらしくない歌だった。それが都はるみの歌として記憶され、爆発的なヒットとなったのは、いままでの明るさ軽快さにかくれていた生来の透明なしっとりした質感の声があっての事である。

三番を歌い終った頃、雪に擬した紙吹雪が大量に舞い、舞台のみならず観客席にも積もった。

「あなた死んでもいいですか　胸がしんしん泣いてます」という歌にあまりに共振れしすぎて

いたせいか、紙にすぎないと分かっているのに、紙吹雪の雪に埋もれると、急に寒くなった気がした。

三十日の都はるみワンマンショーのフィナーレに『好きになった人』を置いたのは、都はるみのはっきりした歌手としての死の自覚を表わしていると思う。

別れを明るく軽快に歌った『好きになった人』だから、フィナーレにぴったりだとして置いたと思うだろうが、私はそうは思わない。

都はるみは歌の内容もさる事ながら、歌いながら舞台から降り観客席をひと廻りして来るという動きが、歌手としての自殺をめざすワンマンショーのフィナーレにぴったりだと考えたはずだ。

都はるみに刷り込まれている本能としての芸能者の血としか言いようがない。

というのも、ワンマンショーは〈その時〉の一日前、死の一日前の事なのだ。

都はるみは舞台から降りて観客席を歌いながら廻りはじめる。愛嬌を振りまきに行ったように見えるが、そうではない。

都はるみは犠牲として身を聴衆に投げ出したのだ。聴衆は最初はあまりの唐突さで悲しみ、そのうち興奮し、すでに「王様を殺せ、王様万歳」という都はるみの死を待ちのぞむところまで来てしまっている。

紙テープが都はるみにむかって投げられる。単にこれは色のついた紙テープではない。瀕死の王たる者の眼に、これは臣民の投げつける殺戮《さつりく》の石なのだ。都はるみは紙テープに絡まれながら歌って歩いている。その都はるみに抱きつこうとする者もいるし、握手をしようとする者もいる。

おそらく他の誰も都はるみと同じ事をやれる者はいまい。紙テープの中を方々から差し出された手でもみくちゃになりながら歌い歩く姿は、さらに様々な事を想起さす。バリ島などで報告される最も古い葬儀の形として死んだ人間の霊を自分に付与する為の食人の光景、紙テープをここと彼方とをつなぐという本来の意味として取るなら、北方シャーマニズムの巫女の祭儀にも見えるし、さらに方々から差し出された手に握手する事から、聴衆の痛苦や疫《やく》を〈その時〉の彼方に持っていって祓《はら》ってやるという動きにも見える。

何しろコマ劇場が都はるみの行為で一瞬に劇場本来の場所《トポス》を回復し、それ自体が生物のようにうごきはじめた気がした。

その都はるみを見て、私は涙、滂沱となった。こんな本能としての大歌手が他に居るか、と思い、大歌手だからこそ、まるで切断するように歌手として自殺するのだと独りごちた。

翌三十一日のNHK紅白歌合戦で、遂に〈その時〉は来た。

都はるみは市川昭介の手になる〈夫婦坂〉を歌った。歌い終って顔を上げられず、駆け寄った紅白両軍の歌手に支えられ、さらに司会からアンコールを求められたが、歌えなかった。辛うじて声を出したが、それは都はるみの声ではなかった。

あの都はるみは、〈その時〉一瞬に天空の彼方に飛翔したのだとしか、言いようがない。〈その時〉の都はるみをとらえた者はいない。

関東地区で視聴率七八%を超え過去十年間の最高を記録したＮＨＫ紅白歌合戦だったが、事態を注視していたざっと計算して九千万人ほどの人間の中で、都はるみが歌手として自殺し、天空の彼方に飛翔したのを見たのは、北村春美以外、誰もいない。

〔昭和60（１９８５）年1月24日「週刊サンケイ」初出〕

P+D BOOKS ラインアップ

大陸の細道　木山捷平　●世渡り下手な中年作家の満州での苦闘を描く

耳学問・尋三の春　木山捷平　●ユーモアと詩情に満ちた佳品13篇を収録

小説 大逆事件（上）　佐木隆三　●近代日本の暗部を象徴した事件に迫る

小説 大逆事件（下）　佐木隆三　●明治44年1月「大逆罪」の大審院判決が下る

女のいる自画像　川崎長太郎　●私小説作家が語る様々な女たちとの交情

暗い流れ　和田芳恵　●性の欲望に衝き動かされた青春の日々を綴る

P+D BOOKS ラインアップ

小説 みだれ髪	和田芳恵	● 著者の創意によって生まれた歌人の生涯
なぎの葉考・しあわせ	野口冨士男	● 一会の女性たちとの再訪の旅に出かけた筆者
暗い夜の私	野口冨士男	● 大戦を挟み時代に翻弄された文人たちを描く
故旧忘れ得べき	高見 順	● 作者の体験に基く〝転向文学〟の傑作
貝がらと海の音	庄野潤三	● 金婚式間近の老夫婦の穏やかな日々を描く
せきれい	庄野潤三	● 〝夫婦の晩年シリーズ〟第三弾作品

（お断り）

本書は２０１７年5月に小学館より配信された『中上健次電子全集14』を底本としております。

あきらかに間違いと思われるものについては訂正いたしましたが、基本的には底本にしたがっております。また、一部の固有名詞や難読漢字には編集部で振り仮名を振っています。

本文中には女郎、女工、女中、土建屋、土方、人夫、ゲイバー、お手伝い、博奕打ち、女浪曲師、女優、妾、ファッション・マッサージ嬢、ダフ屋などの言葉や人種・身分・職業・身体等に関する表現で、現在からみれば、不当、不適切と思われる箇所がありますが、著者に差別的意図のないこと、時代背景と作品価値とを鑑み、著者が故人でもあるため、原文のままにしております。

差別や侮蔑の助長、温存を意図するものでないことをご理解ください。

中上 健次（なかがみ けんじ）
1946（昭和21）年８月２日―1992（平成４）年８月12日、享年46。和歌山県出身。1976年『岬』で第74回芥川賞を受賞。代表作に『枯木灘』など。

P+D BOOKS とは

P+D BOOKS（ピー プラス ディー ブックス）とは
P+Dとはペーパーバックとデジタルの略称です。
後世に受け継がれるべき名作でありながら、現在入手困難となっている作品を、
B6判ペーパーバック書籍と電子書籍を、同時かつ同価格で発売・発信する、
小学館のまったく新しいスタイルのブックレーベルです。

天の歌 小説 都はるみ

2022年9月13日　初版第1刷発行

著者　中上健次
発行人　飯田昌宏
発行所　株式会社　小学館
〒101-8001
東京都千代田区一ツ橋2-3-1
電話　編集　03-3230-9355
販売　03-5281-3555
印刷所　大日本印刷株式会社
製本所　大日本印刷株式会社
装丁　おおうちおさむ　山田彩純
（ナノナノグラフィックス）

造本には十分注意しておりますが、印刷、製本など製造上の不備がございましたら「制作局コールセンター」（フリーダイヤル0120-336-340）にご連絡ください。（電話受付は、土・日・祝休日を除く9:30〜17:30）

ISBN978-4-09-352447-6

P+D BOOKS